東京湾岸 歌日記

～風船乗りの汗汗歌日記

大橋 弘

写真：大橋　弘

日記を書くことで、いかにも書いているような錯覚が与えられるし、
時には、生きているような錯覚も与えられる。

――M・ブランショ

東京湾岸 歌日記 〜風船乗りの汗汗歌日記

×月×日（ハシブトガラス）

本年初の冷やし中華を喰う。まだ卯月だし早いなと思うが、コンビニにあると買ってしまう。買って家に入るや、エリアメールが唸り出す。そして間を置かずすぐ揺れ出す。栃木が震源で、相当揺れた。食後、洗足池のＡＫＡＮＥに。焼き菓子十個買う。その後大岡山から三田線経由で神保町。即、遊星堂に。想像していた店構えとは異なる。専修大学側の街区のマンションの二階。ちょっとばかりは期待していた特撮物のＤＶＤなどがあるわけではない。スペクトルマンがあったら買ったのに。長山靖生『なぜ怪獣は日本を襲うのか』を入手。東京堂や信山社に行くが新刊は買い切れず、弱い弱すぎる。大岡山に戻ると猛烈な夕立に逢着。まだ卯月だというに。十分ばかり雨宿りをしてから、大岡山ベーカリイトキトで甘お菓子を買う。さらに「酒のかわべ」でワインを購入。酒井健『シュールレアリスム（終わりなき革命）』を読了。

――「これこそは夜のなかでもいちばん美しい夜、稲妻たちの夜であり、これにくらべれば昼のほうが闇夜である。」（ブルトン『宣言』）

風を見る目でみる暗く一瞬で生死をわかつ水の流れを

×月×日（ミカケヒバリ）

京急六郷土手駅地先の、いわゆる「連続重合高架橋」なるものを見に行く。京急本線と新設の六郷線、さらにはＪＲ京浜東北線の支線、東急の支線の３社４線に加えて、あろうことか京急大師線を、多摩川を渡河する大鉄橋で川崎方から大田区方に大きく湾曲させ、港町駅だけをわざわざ大田区方に移設した結果、三社五線の四駅が錯綜するはずだった例のアレである。はずだった、などというのは、路線はともかく、駅は結局二つしか開設されなかったからだ。新六郷土手駅を降りると、誇張ではなく地の底に這い出たように真っ暗。この暗さが、人々に「重合」なんて聞きなれない言葉を選び取らせたのかな、と思う。その暗闇を抜け出した駅前は、新設の駅に似つかわしくきれいに整備されており、バス乗り場やタクシープール的な設備があるものの、人や車の姿はない。重合高架を見上げると、さぞや殺風景なものだと思っていたのに反して、高架橋の側壁には色が塗られていて、上からローズ、スカーレット、クリムゾン、バーミリオン、退紅。それらは同じような色合いだから、塗り分けているつもりでも、会社なり路線を判別するのにはたいして役立たない。ことさら側壁や橋脚にそれぞれの色の名前が黒々と大きな文字で書いてあるから、辛うじて塗色の名称はわかるようになっているのだった。高架橋はうねうねと曲がっている部分もあるので、色合いも相まって何だか大きなミミズやゴカイを仰いでいる気がする。多摩川に向かって歩いていくと、昔ながらの商店街に辿り着く。多摩川で川遊びができるシーズンにはまだ間があるので、さすがに人通りはそれほどないが、露店はいくつか出ていたので、うなぎの串焼きを売っているおばあさんの屋台で足を止める。

―おばさん、ねえ、このうなぎ、多摩川で取れるの。

―取れるわけねえだろ、余所から仕入れたんだ。

―お客さん、来るの、この時期。

―いくらか来るよ、あんたみたいなのが。

―あんたって、どんなの。

―線路が重なってんのがおもしれえんだろ。季節に関係ねいや。

―そう、やっぱり見にくんだね。

―ガキや男ばっかしだけどな。うなぎでもイカでもエビでも食うな。

―イカやエビもあるんだ。

―まああありゃ出すな、みんな他所のもんだ。ガキや男は食うものが簡単でいい。

―若い女の子は来ないの。

―来るわけねえだろ、ゴカイみてえな線路がのたくってんのを女が見に来るか。

結局うなぎの串焼きを一本だけ三百五十円で買って、食ってみた。泥臭い感じがした。もう少し多摩川に向かって歩くと、お好み焼き店があったので入ってみた。ここも、お年寄りの女性が切り盛りしているようだ。民家の納屋を改造して四つ五つテーブルを並べただけの造作で、店、といったのはあるいは美称だったかもしれない。テーブルには鉄板が敷かれているので、当然自分で作るものと思っていたら、昔ながらの割烹着を、しかしどうにも煤汚れしているようなものを着ているおばあさんが、何やら湯気を立てている丼を持ってきた。うっかり出来あがりものを注文してしまったのかもしれない。会話の糸口を与えないままにおばあさんは去って行ったので、仕方なく、湯気を立てる丼に手を付けると、うどんみたいだ。勢いで口にしてみると、いやこれは、茹で上げるのに失敗したパスタだ。それも申し分ない失敗で、麺として認識できるパーツは一か所もないけれど、全体としてはパスタ以外ではありえない味だった。これが七百円だと思うと、うなぎの串焼きが安かったのかどうか、わからなくなった。

「曼珠沙華、りすん」と言えど聞き入れて貰えなかった燃えるごみの日

×月×日（ハシボソガラス）

昨晩十一時過ぎに、今までで最大クラスの余震あり。まさかと思いつつ、電源オンにしたま
ま携帯電話の充電をしていたら、あの不吉な振動とともにエリアメールが着信した。三分間は
揺れていたかも。いまだ体調が本復しない中、ここひと月ばかり当職を悩ませる台湾マターい
よいよ感動の最終回を迎える、というところまで来つつも、ああああえなくなお停滞。帰路、
最近仕事がうまくいかず、ついむしゃくしゃして、蒲田で佐藤泰志『移動動物園』、大村彦次
郎『文壇挽歌物語』を、大井町で佐藤泰志『そこのみにて光輝く』、山田順『出版大崩壊』と
四冊一気買い。久々だ。あ、少し前に梅屋敷の古書店で買った佐藤志満歌集『身辺』を読了。

佐藤志満

かすかなる支流なりしが蛇崩の暗渠となりて雨に音する
寂しさをもてあましゐし数時間やうやく過ぎつ臥処に入らな
よみがへる悲しみのごと一度《ひとたび》も踏みし跡なき麦畑の青
温かき冬のひと日と思ひしが白雲おほき夜となりたり
中空の空気わづかに清からん周縁濁る夜空となりつ

もう少しあったけれど、まずはこのあたりが私の好みであった。

逃げ場所がないことすらも坂道でダークチェリーになる口実ね

×月×日（カササギ）

昨夜、かかりつけ医に診てもらって「様子見でいいのでは」と言われたばかりなのに、本復どころか午後から突如として容態が悪化して苦しい。花粉アレルギーと風邪の二重攻撃で鼻紙がどれだけあっても足りないような仕儀に陥る。それでもやれ研修会での発表だ、打ち合わせ連発だ、幹部様のご要望だで、まさにてんてこ舞い。疲れたのでどこにも立ち寄らず弱気に帰宅。

やがて電車はため息をつき立ち止まるそこから燃えて抱き合う木と木

×月×日（オナガ）

休日出勤した昨日は、帰り際にまさか開いているとは思わなかった蒲田の駅ビルで佐々木中『九夏前夜』が手に入り、一人悦に入っていたのだが、目が覚めると久々に三十九度に達する高熱。せっかくの日曜日なのに予定は悉くが無に帰し、久々の鎌倉行きを断念。先日来、胸に痛みがあって不審に思っていたのはこの高熱の予兆か、ということで慌てて寝る。よく眠れた。昼には一気に三十七度台の中盤に落ちる。そこで滞っている読書を。竹内洋『教養主義の没落』を読了。夕方には三十七度台の前半。さる作家の京都を紹介する新書を読み始めたものの、文章が雑に感じられる。俺の具合が悪いからなのかな。途中でやめる。さて次はなに読むか。夜遅くには平熱になった。

どこにも出口がない（かもね）。中華まんじゅうのケースの中は

×月×日（カケス）

花粉様猛威を振るう。昨夜は早く服用してしまったせいか、未明にはクスリの効き目が落ちてしまい、きっつい状態に陥る。仕事も、もろもろが手詰まり状態に。午後には某メディアの記者が訪ねてくる。もともと東京のある工場の跡取りだったのが、志があってメディアで働いていると云々。どうにもいい奴らしい雰囲気で、ついひと肌脱いであげたくなっちゃう悪い癖が出る。旧友からメールがあって、福島に住むおばさんが亡くなったそうだが、震災関連死ではないかと。一方で、前の職場で部下だった女性から第一子誕生の知らせをもらう。苦戦し

た『善悪の彼岸』のあとは津村記久子『ポトスライムの舟』。タイトル作は、終盤の雲とか雨、うまいなあ。「十二月の窓辺」はモラルハラスメント小説なのだと思うが、その部分の描写は必ずしも徹底的になされているわけではない。とはいえ、言葉のさまざまな場所に暴力の働きが差し込まれているようで、読んでいて応える。言葉の暴力というものは歪んだ優越感が生み出しているのだと思う。

だれひとり猫背から咲く花があるとは気づかずに冬は暮れゆく

×月×日（オウチュウ）

近年まれにみる花粉アレルギーの症状。仕事も停滞する案件があって、連休ではあるが心が弾まない。福島第一、遅々として作業は進まず。それどころか原子炉内の圧力がどうしたなどとまた始まる。最悪の事態を覚悟しなければならないのだろうか。昼はコンビニの焼きうどん。久しぶりにありついた感じ。菓子パンもあったので掴みかかる寸前まではいったのだが、ヨーグルトを食べたいばかりに断念す。午後、薬局に行くが、営業日のはずなのに休業。オオゼキまで足を伸ばす。ここでも商品が少ない。でもサージカルマスクとアンメルツが手に入ったぞ。シャンプーや柔軟剤の詰め替えも在庫がない。アレルギー薬のせいで半睡状態の中、『善悪の彼岸』を読む。

日が暮れて余白はそれとわかぬまにパンの内部にしみこんでゆく

×月×日（コウライウグイス）

朝も晩も、NHKが地震に関する情報を一心に流し続けるので、さすがに鈍感な当職も曜日の感覚なるものがなくなりつつある。京急の泉岳寺―品川間一日不通なる痛恨の情報が馬込駅に入場するなり齎されたものだからガッカリする。五反田で乗り換えて仏池上線。蒲田駅は入場制限中で移動もままならない。でもこの近辺が計画停電にかからなかったのはありがたい。急遽、方々に見舞文を送る云々という話が上つ方方面から出来し、今すぐ文案をなどと厳命が下ったので、冒頭の「冠省」までは調子よく書き進んだものの、そもそもこういうものを書いたことがないことを思い出して本文作成には苦しむ。文案をみるや幹部らは肝心の本文はそっちのけで、「「冠省」なんて言葉があんのか」などと有らぬところに感心している。今夜も仏池上線で帰る。結局、今井金吾『半七捕物帳江戸めぐり』買ってしまった。眠い。

隙間なく敷き詰めてゆく倒れないはずがないのに信じる者は

×月×日（ハッカチョウ）

計画停電というもののおかげで、「計画」なんて一見親切ごかしな冠をかぶっているけれど、通勤は無秩序に。東海道線・横須賀線は終日不通。京急は大幅間引き運転。駅の放送も今後の運行本数の少なさを強調して、人々の不安を煽る。そんな状況で「計画的に通勤」するのは難しい。自分は苦労して出勤したのに、幹部が軒並み休んでいるのはどうなのかと部下が恨みがましく俺に言い募る。もっともなことだと思うが、ずい分遠いところからやってくる連中だし、やること山積している最中に、「組織の本質とは」みたいな問答を一からやっている気持ちの余裕はないので、「目の前のことをやろう、とにかくほっとけ。怒るだけ損」などと切り返す投げやりな対応をしてしまった。得意先に電話をしていろいろ聞き出す。ある程度集約すると、区内はそれほど大きな被害はなかった模様。午後になると、なんのつもりか京急が十五時三十分をもって運行を取りやめるなどと言い出すので周囲が浮き足立つ。福島の情報も第一、第三は水蒸気爆発、第二も危険と悪いことばかり。結局、仏の池上線に救われて旗の台周りで帰宅。駅近くの松田書店で小島信夫『残光』を買った。さらに近隣の古書店で岩波文庫の『杜甫詩選』だの、ちくま文庫の半七ものなどを物色し、手に取るところまでいくが、やめた。

まだ雪は降っていないが降り出せば句読点すら届かなくなる

×月×日（ムクドリ）

午後、頼んでおいたスーツを受け取りに行く。地震を挟んだけれど、スーツは出来上がっていた。馬込図書館に立ち寄る。ふだんの日曜日と変わらない図書館の雰囲気だったけれど、来客者は少ないようだ。以前、湧水を汲んでは貯めておいたポリタンクを倉庫からいくつか引っ張り出して、合計十五リットル、水道水を詰める。『善悪の彼岸』を遅々たる歩みで読む。「万人向きの書物は常に悪臭を放つ書物である。」、「全くのところ、何が一体われわれを強制して「真」と「偽」という本質的な対立が存するという仮定を立てさせるのか。」、「決して一人の人格に執着してはならない。それが最愛の人格であろうともだ。─あらゆる人格はそれぞれ一つの牢獄であり、また一つの片隅である。」。地震のあった日にいただいたトマトジュースを飲む。塩味ではない。草の味というのだろうか。また、飲めるかな。明日から、仕事をつくって仕事をしなければ。

隠しきれない棘があるとき僕たちは卵の殻を割れなくなる

×月×日

役員室で某社と商談をしていた。当面の話が片付いて、雑談に。その某社が東北地方で進めているアグリビジネスのこと。完熟トマトで作ったジュースのサンプルをありがたくいただいたのが、午後二時四十六分だった。「あ、また地震だ。東北で最近大きいのがあったばかりですね」と言い合っているあたりまではよかったが、揺れは大きくなるうえ、一向に収まらない。壁に掛けた絵画がブランコさながら踊り始めるのを見てはさすがに席を立ってドアを開く。悲鳴が響いていた。事務室を覗くと、机が小舟のように揺れ、やっとこで引っ張り出された亡者の舌のように、あらゆる引き出しが飛び出している。五分ぐらい揺れていたのだろうか。収まったように思うが、体がまだ揺れを感じている。来客は帰った。「こんな日に商談をすることになるとは。次はいつお会いできるのでしょうか。」と帰りしなに言いながら。二十分ほどしたら大きな余震。一旦、広場に全員集合する。手分けして各階のトイレや、外壁を確認。印刷会社の営業担当者がこんな時にパンフレットの校正刷を持ってきた。気安い間柄の女性なので「おいおい、大丈夫だったのか」と尋ねると、歩いている最中で、揺れに気づかなかったと言うので驚く。しかし、建物が左右に揺れているのを見て、何が起きているのかを悟ったという。テレビでは、三陸沿岸に十メートルを超える津波が直撃、自動車・船舶・家屋が流される画像が繰り返されている。東京湾にも津波が来るのではないかという不安が兆す。部下がビッグサイトに外出しており、連絡を取ろうとしても繋がらない。羽田の実家に電話をする余裕がない。雨も降りだす。市原市でガスホルダーが爆発炎上しているという情報も齎された。上層階から湾岸方面を望むと確かに黒煙が見える。首都圏の鉄道は全面的に運休の気配で、帰宅困難者の受け入れをすることになった。俄かに施設全体が騒然となる。夕方には部下と連絡が着くが、今日中の帰宅はおぼつかないだろう。十九時三十六分にエリアメールが緊急地震速報を流した際に、妻からのメールも同時に届く。虎の門辺りを歩いて帰宅中という。まさか帰宅しているとは思わず、自分も泊まるのを止め、歩いて帰ることにした。二十一時十一分に出る。外は寒い。第一京浜は渋滞。歩道を行く人も多い。呑川を覗き込むと、逆流しているように見えたが気のせいかもしれない。道々の飲食店、開いているところはどこも満員のようだ。歩きながら電話すると、妻、実家に相次いで連絡が取れた。携帯よりピッチの方が繋がりやすいように感じられた。コンビニに寄ると、おにぎりを中心とした軽食・弁当がどこでも払底。辛うじてカップうどんと焼き菓子を、山王ロマンチック通りのファミマで入手。帰宅は二十二時十五分。

×月×日（コムクドリ）

夜からのレセプションで司会をしなければならない。百人以上の出席者を前にしてと言っても二回目だから未体験、つうわけではないし、まあそんなことはないと思いつつも、やはり緊張したか午前五時に目が覚めた。仕方がないのでとにかく朝から洗濯する。いやはや春とは思えない寒さ。二階で開催されている地図展に昼、顔を出す。これは面白い。「地図中心」誌は大田区の特集を二回も打っていたのだな。「地図と産業」特集を買う。古地図も、まあ関心はあるのだが、うっかり蒐集に本腰を入れると収拾がつかないだろうから、まずは敬遠でいいでしょ。午後、シナリオの精緻化をする。ところが、肝心のレセプションは主賓のご到着遅れに伴って後続のイベント進行に深刻な影響が。精緻化したシナリオはあえなく壊滅の憂き目に逢うのだった。しかも終了まで一時間を切る頃合いに退出する者が続出し、会場はスッカスカになってしまった。見通しがよくなってマネジメントはしやすいかも。シナリオは崩壊したが時間の進行が止まるわけでもなく、最後は強引に幕引きして宴酣状態で終わらせたのだった。帰宅しておにぎり一個食って、氷結を飲んで寝た。

厠には棲んでいるのだ四角くて丸くて脇の甘い忍者が

×月×日（スズメ）

今日は温暖。汗をかく、本来の汗を。午前中の会議がまた長丁場でやんなる。やんぬるかな。

しかも某幹部が、その場では到底解決できない問題について長広舌をふるうので、こちとら外ヅラはともかく内心は失笑の渦巻きぐるる。さておしまい、と思いきや最後の最後で別の幹部がなんやらとっておきの体験談をご披露に及ぶので、まじめな話、腹減ってかなわん。自らの経験からしても、喋っていると腹が減るのだが、聞かされる方も腹が減るのだ。待ちに待った昼飯はしかし、コンビニのパンで早じまい…。清水径子『哀湖』読了。卒読。

北風と同じ道ゆく痛みかな　　　　清水径子

針金を曲げをる冬の只中に
立春や流されてくる島の声
杭打たれまだあたたかき夜に逢はず
ふくらめる悪の球根なども植う
妃の辺ひとまはりして来し虻か
肉体のいづこを押せば梅の花

などがまずは注意されるのであった。「空から日本を見てみよう」、池上線を特集。石川台に立体的胸像を制作する会社があったのか。

蝶はその孤独を長い口吻で花に返しているんですとも

×月×日（シメ）

日中は小康状態も、夕方からまた霙→雪。とにかく寒い。朝から調子が乗らぬが、何とか持ちこたえつつだらだら過ごす。ここのところ報道機関からのお問い合わせまた多い。今日も二件。うち一件、そう悪くない内容なのだが、少量の怪しさが付き纏って離れない。昼、眠い中ランボオを読了する。隣の課のKさんとHさん、秋田県の美郷町に出かけているらしい。あの、長い竹の棒でお互いに打ち据えあう、何ていうのか忘れてしまったが、あの祭を見に行っているらしい。ランボオ、何だかよくわからない。

〜まあいい、思いつく限りの仮面はかぶってやる（地獄の夜）

〜ああ、遂に、幸福だ、理智だ、俺は天から青空を取除いた。青空などは暗いのだ（錯乱Ⅱ）

〜優れた音楽が、われわれの慾望には欠けている（小話）

こもれび書房から、清水径子『哀湖』が届く。薄くて、シンプルな造本。

細胞の隅々にゆく電車です立ったまんまで眠れそうなる

×月×日（イカル）

午前中、名うての某重大会議。本日はメンド臭い連中が揃って欠席なので、その分座が和やかで、気持ちよく意見交換したのでした。昼休み眠くて仕方がないが、『ガレッティ先生言行録』を読了。いいなあ先生。

「本を閉じて、顔を上げなさい。これ以上、行間にのめりこまないように。」（六八一）

「砂浜には、何はなくとも砂はある。」（三五一）

「放っておきましょう。バカにつける薬を調剤するひまなどないのです。」（六五四）

個人的にはそういう暇でも欲しいのだか。帰路、磯崎順一郎『肝心の子供』を購入。

ミシン目を入れてあげるよ帰りたい帰りたいって叫ぶわが手に

×月×日（ウソ）

ようやく慌ただしかった睦月が終わる。朝、物凄く冷える。氷点下だ。通勤する気力が消失するのう。月曜日だけに職場も冷え切っており意気が上がらない。十時からの最終会議、やはり船頭多くして船は山頂に。いやはや大所高所だけに眺めはいいなあ、的な。結局焦点の寡黙なSさんを会議室に呼びこんで記述内容を詰める。よっぽどこちらで書いちゃおうかと思ったがぎりぎりで耐える。昼休みに余裕あり、扉野良人『ボマルツォのどんぐり』を読む。関西のモダニズム詩人を中心に文学的香気が漂う作物で、少し間をおいて、内容を忘れたころに再読したい。これで扉野さんは当職より年下なのだから驚く。自宅で伊藤人譽『幻の猫』読了。「髪」、「瓶の中の指」あたりが好き。この人、本当に結末を語らないので怖い。「幻の猫」もかなり怖。「猫の餌」もいいな。続編も買おうかな。

おそらくは面識のない夕闇に追いつかれつつ冷えこまれつつ

×月×日（ベニマシコ）

十時過ぎにTくんが新車のデミオでやってくる。マニュアル車だ。購入の際、ディーラーから「本当にマニュアル車でいいのか」と都合三回は念を押されたとの由。でもTくんの運転は手慣れたもの。大田区内を経巡ってAくん、Sくんを順繰りに拾って、西へ。昼飯は藤沢のデニーズで。当職は野菜カレー。三人は威風堂々と肉。千キロカロリー超のゴツいステーキ系を平らげていた。食後は忠実に箱根路を登り、函嶺洞門だの富士屋ホテルだのを無欲に通過、県境の長大トンネルを抜けて御殿場へ。気温が急降下。社会実験中の無料高速道路で河口湖へ。路面に融雪剤が散布されていて白っぽい。ホテルは旧来の温泉旅館をリニューアルしたと思しい造作で、新館旧館が複雑に入り組んでおる。部屋は山に向いていて、すぐそばに大きな寺があり、入相の鐘が鳴った。さっそく風呂に。七階の展望風呂は、先達のTくんが言うとおりやや狭いが、眺望は山脈に沈む夕日の余燼が美しい。夕飯は牛シャブ食い放題とのこと。昼を抑制しただけにやる気はある。出てきた皿に盛られた肉はずい分多く感じられたが、四人で三皿をクリア。肉質が良くどんどん食うのだが、肉以外も食いながらなので、後半はさすがにペースダウンする。食後の麻雀、当職が数年前に、香港で購入したビッグサイズの牌でまずオープン戦。卓に比較して、やはり牌がデカすぎ、とてもやってられないという結論に達したので、デカ牌は片づける。半荘二回、東風一回。今回は振り込みも多く、トータルで軽負け。四人の中では歴が一番浅いSくん、字一色の聴牌まで行くが惜しくも上がれず。ま、俺からアガられると大汗なのだが。二十六時前に就寝す。

まず箸を取って食べようそれからだ形なきまで薄まりゆくは

×月×日（マヒワ）

最近の吉例で本日もドタバタ感満載。まずは○○大学の何某先生に詫びのメールを一本入れて、九時から幹部に別件を上申。事業の見込みは立ったが、検討委員会に掛けるまでに残された時間は五分。五分だよ。幹部に呆れられる。当職も「はは、五分しかないすね」と、もう脱力感で締めるしかなく、すぐに会場へ。××大学からの法外なお申し出への対応及び某課主催になるイベントへの関わり方について協議。前者は振り出しに戻る形勢。当たり前だ、何でもかんでも頼まれてたまるか。午後は某組織の機構見直しにかかるうんざり系の検討会。やはり企画部門はワーキンググループ主体に小回りの利く形態たるべしとか、総務部門は既存組織のヒエラルキーを活用すべしとかなんとか。資料の類は事前配付も、机上配付もなし。お喋りだけで「組織の方向性を固める」とかいう大ごとの議論をやっつけるので、脳味噌の中身を整理するのに時間がかかる。とにかくこちらの主張も一定程度は聞いてもらえた。やれやれ。夕方の会議は俺が進行役。先生がなかなか来ずに焦る。準備不足は否めず、腰の据わらない進行になるが、苦情は申し立てられずに済む。何とか少々の時間オーバー程度でおさまった。終わった終わった。

木曜の猿が空から降りてきて海と地面を間違え、沈む

×月×日（カワラヒワ）

九時過ぎに職場を出て自転車で取材先へ。寒くもなく道行きは順調ながら、途中でデジタ

ルカメラを携行し忘れたことに気づき、早くも取材者失格の烙印を自らに焼き付ける羽目に…、汗。取材そのものも汗だ、私の持参したテーマでは発展性がなかったとみえて、社長のお喋りの方が主体に。こういっては何だが、ずい分あらぬところまで話柄はすっ飛んで行った感あり。まとめるのに難儀するのは必至だな。二時間近く滞在。帰路、梅屋敷東商店街の突端にあるタケウチベーカリーに。ここを昭和の町パン屋と呼ばずにどうする、というぐらい昭和である。昭和四十年代の中盤ぐらいで時間が停止。誉めているのだ。称えているのだ。でも自動ドアだ。なんだかやや壊れている感じの自動ドアだったけれども。並んでいる総菜パンもこう言ってよければヴィンテージ総菜パンだ。中でもシューマイパンに目が釘付け。もちろん買う。さらには梅屋敷駅近くに古書店、ブックアニマルを発見。開店前だったが、店頭の棚から佐藤志満『身辺』、香川進『甲虫村落』と短歌新聞社文庫を二冊、さらには玄侑宗久『中陰の花』の合計三冊を購入。夕方になって、社長の娘さんが職場に紙ものの画像をお持ちになる。頼んでもいないことなので恐縮。いま風にいえば大恐縮。いえ、極大恐縮ぐらいにしておかないとマズイかも…。シューマイパンは、背割りパンにシューマイ的な要素が挟まっている風情であり、お味は、ま、まあ、あれだな…。

ツチノコが散歩するのにふさわしい路地を探して照る夕陽かな

×月×日（キツネビモリツバメ）

　初めて聞いたのは、立春ぐらいだったかと思う。明け方、かなりの上空から、何と言えばよいのか、重いくぐもったような轟音がして、眠りが中断される。数秒ほど続いてそれが消えてしまうと、次にはわがベランダに明るい光が差し込んできて、あ、夜明けかと思うぐらいで一時的に目が覚めるが、ほどなく光は弱まってしまう。疲れていると起き上がるのも面倒だし、じっとしていると、その続きはもはやないようなので、大概は再び寝入ってしまって、本式に起床する頃になると、何があったものかよく記憶していない仕儀となっていたのだが、今日は珍しく気が立っていたのだろうか、轟音が立ち上がる直前に目を覚ましていただけでなく、光の有り様を見届けようという気になって、わざわざ起き出してみた。午前四時の直前だった。光は、車や電車の前照灯みたいな感じで、ずいぶん遠くから俺の寝床近くを目指して照射されているようだ。遮光性がそれほど高くないカーテンを突き破る白色系の光。カーテンをずらし、分厚い曇りガラスのサッシを、立てつけが悪いので滑るようには開かないそれを、いささか乱暴に扱う。ベランダにはトロ箱やプランターが複数あって、時節柄花ものは水仙ぐらいしかない。そんな冬枯れの延長と言っていいベランダに差し込んで来ていたのは光ではなくて、五重塔だった。明けやらない三月の馬込の空から、垂直の重たい空気が吹き込んで来て、私は少し寒さを感じたけれど、やり方が下手くそで、つい五重塔に向かってくしゃみをしてしまったものだから、その白い光はただちに消えてしまって、後には黒い影みたいなものが残っていたが、二度寝をしているうちにどこかに行ってしまったようで、日が高くなってからいくら探しても、痕跡らしいものはどうしても見当たらない。あるいは、はしっこいスズメたちが、残らず食ってしまったのだろうか。

空中に椅子があるとは思わないだから負けても気づかないんだ

×月×日（アトリ）

秘かに心に期していた人事異動、本日内示の日であったが、かすりもしなかった。自分以外の情報は全くわからないまま、外出。区内の企業を回る。夕方、職場に戻り、隣の課のKさんから異動詳細情報をもらって、じっくり読み込んでしまった。そんなことをしても自分の状況に変化は起こらないのだが。帰路、ふらふらと寄り道をして大森のブックファーストで岩波文庫の復刊、上田秋成『胆大小心録』を購入。それにしてもこんなもの買って、いったいいつ読む気なのか俺は。そもそも読み切る自信がないのだが。

春の夜の躯体がやがてこわれものみたいにふるえ・明けていくかも

×月×日（オオジュリン）

昼前、韓国の某新聞社が取材に来る。いやはや、確かにそんな依頼はあったが完全に失念しており準備ゼロ。必死こいて対応し、まあギリギリ。あまり専門的な内容でなかったからよかったようなものの、われながら失念にゃ困る。午後は検討会議。こちら側の説明員が主に中国の方で、日本語が怪しくなる時もある。内容は問題ないのだが正確に伝わらない恐れがある。

先生方にいろいろ指摘されたので、会議終了後に一時間半かけてすり合わせを行う。さすがに疲れた。帰宅して、青木栄一さんの『鉄道忌避伝説の謎』を二読目、というか拾い読みなら何度目なのかわからんな。と同時に円城塔『後藤さんのこと』もかじり始める。中沢直人『極圏の光』読了。

中沢直人

ウムラウトまじりの赤い缶開ける（リラックスせよ）中は同じだ
要するにあなたはいつも心配だ飼い猫にどう思われるかなどが
割り込まれたことも分からずもわもわと笑う旅人でいることにする
走っても間に合いそうにない青だ風上で俺を支配するのは
唐突に雨降りだしぬアメリカのわがままを許してもいい今日だけは
居丈高な依頼のとどく火曜なり切手は弱者でお貼りください
朽ちてゆく金色の葉よ（俺だけは皆とは違う）道にあふれて
あざらしをまだ見たいですか友軍の戦車に轢かれそうな日本で

他にもあるけどまずはこのあたりを楽しめた。

イチゴその種の全てと面接をしたかのように今日の疲れよ

×月×日（シベリアジュリン）

千葉県某所で講演。仕事の一環なのでギャラはなし。午前中相当振り回されて間に合うか気が気ではなかったが、予定通りに出る。そば新でカレーライスを平らげてから出発。品川から横須賀・総武線千葉方面行きに乗るのは初めてかもしれない。品川到着が思ったより早かったので、駅で資料を三十分かけて読み込む。千葉着もやや早め。本千葉行きがなかなか来ないのでモノレールにするが、それもなかなか来ない。モノレール、千葉は始発駅ではないのか。懸垂式のモノレールはやはり揺れが独特で面白い。会場には十五分前に着く。私のひとつ前のプログラムの講師が喋っている中を、喋っている中を、最前列の講師席まで案内される。緊張させられるなあ。今まさに喋っている講師のテーマは、私の勤務先の利益と相反する部分があり、どうかすると悶絶を禁じ得ない箇所もある。緊張して喉が渇いていたが、その話を聞いているうちに却って落ち着く。そして演台に立った瞬間に、緊張が完全消失。自分でも驚くぐらい「あ、何ともねえな」と感じた。ここまで余裕こいたのは、たぶん初めて。やはり経験は大きい。聴衆は五十人程だと思う。口切の一発目に、直前の講師の取り組みを取り上げて、「地道な、侮りがたい実践です。しかしながら、悶絶するべき部分もあるので、ここはひとつもうちっとお手柔らかに」などと打って、笑いを取る。スライドはかなり多かったけれど、一枚もすっ飛ばさず、時間通りに収めることができた。もっとも、会場からの反応はあまりない。突っ込んだ質問がきたら、どういう回答で笑いを取ろうかと待ち構えていたのだが、ちと残念。フフ、たまには余裕だな。講演はまだ続くようなので、面倒な挨拶の類一切抜きで会場を後にした。千葉駅周辺で古書店を検索すると、稲生書房がある、というのでネットの地図を見ながら探すが、なかなか店舗に辿り着かない。苦労して見つけ、なかなかの蔵書量に感激するが、どういうわけか買い切れず。ご、ご褒美消費あっていいはずなのに弱含みだにゃー、汗。結局東京に戻り、オアゾの丸善で佐藤義雄『都市の風景　文学の風景』を購入。

時間との闘いしかも時間には勝てそうなので猫になります

×月×日（ジョウルリタシギ）

エアコンを掛けたまま寝入ってしまった、午前二時ごろだったと思う。エアコンはそれまで比較的静かに運転していたのに、パリパリと物の砕け散る音がするや、冷気の吹き出し口から枕元の畳の上に何かの欠片が落ちてきた。物音に敏感な連れがすぐ目を覚まし、

「何かエアコンに入りこんだ」

と眠たげな声を出す。私は、たぶん一連の出来事が起きる直前に覚醒していた、ような気が

している。深夜に地震があれば、いかなる時間でも必ず揺れの直前に目を覚ます、そういう体質なのだから、今回も。

「何だろうな」

とはいえ、真っ暗闇なので、物が何かはわからない。

「ゴキブリかな」

その昆虫が苦手な連れは、ごそごそ体を動かして、薄い上掛けで体すべてを覆い隠す気配。

「それはあるな。ルーバーが動いているのも知らずに、入り込んだんだ」。

「バラバラになった音だよ」

なるほど砕けるような音だが、扇風機の羽ならぬ、ルーバーだ。高速回転するものではない。どう考えてもバラバラになるとは思えない。枕元のＬＥＤ懐中電灯を手に取る。

「何もないか、あ、いや何か輝いている」

闇雲に枕元、すなわちエアコンから噴き出される冷気の着地先と目される場所を、懐中電灯の照明で照らすと、畳の上で何かが輝いた。というより、何か一瞬でも光を反射する物体があった。硝子、かもしれない。

「虫の羽か」

懐中電灯を左手に持ち替え、寝そべったまま右手を伸ばす。確かにその硝子製の羽のようなものに指先が触れた。だが、その刹那にそれは消滅。左手からの光が天井のあらぬ場所を照らしている。指先に触れたときの感触は、やはり硝子だ。

冷たさ、それから、何も感じなかったかのような乾き。懐中電灯を、再び持ち替えて、今度はエアコンのルーバー付近に光を当てる。

「あ、消えた」

「何かひわひわ落ちてきてない？」

「ナニ、羽根ぽい？。まだ落ちてくる？」

起き上がって、部屋の明かりを点ける。電球色の温かみのある光で、時節柄やや暑苦しい光で部屋が明るくなる。しまったと思った。温かい光で、硝子様の落下物はことごとく溶けてしまうのではないか。

「何もないな」

起き上がって、エアコンのルーバーを下から覗き込む。ゴキブリが入り込んだとしたら、そして万が一ルーバーで切断されるような羽目になったら、忌々しいことだが、その痕跡が残されているはずだが、そのようなものは何もない。ルーバーがゴキブリ色に染まっているのではないかとの危惧は杞憂に終わった。そしてエアコンは、あの音が発生した後、停止するわけでもなく確実に動作していた。

「ちゃんと動いてる」

「虫、いた？」

「いない。虫かもしれないけど、ゴキじゃないなー」

「じゃ何」

「わからん。でも、硝子みたいなのが、残ってない？　ここ」

畳の上に、やはり欠片のようなものが認められる、水が飛び散ったような。指さして連れに注意を促すが、ここにある、と確信をもって指さしているわけではない。あ、そのへんに、という感覚の世界だ。

「えーわかんないよ」

連れにその存在を示唆した以上、思い切って触ろうと思うが、目を逸らした一瞬のうちに見失った。というより、初めからそんなものはなかったのかもしれない。見失った途端、エアコンから噴き出される冷気が私の襟元にまとわりつく。

「もうエアコンに虫いない？」

「エアコンに何もいない」

「何だったんだろ」

「パリパリ音がして、砕けて、その一部がここにあったから、やっぱり虫じゃね」

「気味悪いよね。締め切っているのに、どこから入ってきたのかな」

「虫ってのは、締め切っていても無理矢理入り込んでくるよ」

「硝子の破片はどうするの」

「硝子じゃなくて虫、たぶん。硝子のような虫かもしれないけど」

「そんな虫いる？　今まで聞いたことないね」

「馬込は、大田区でも田舎の部類だから、ときどき忘れられたような虫が湧き出してくるのかもしれないね」

「白鳥さんに聞いてみたら」

「それもいいが、彼は、夜中にエアコンのルーバーに入り込んで粉々になって消えるような虫を相手にしてないよ。そもそも虫が見つからないんだからな。居ない虫では話にならん。むしろ、羽田の本草先生に聞く方がいいかもな」

「ホンゾウ先生、誰それ」

「住んでいたんだよ、そういう人が、俺の実家のすぐ近くに。そういう人としか言えないけど、居るんだか居ないんだかわからないような虫に詳しいんだ。俺が中学生の頃、コールタールの中で一生を終える虫がいるって、何だか一生懸命研究してた」

私は懐中電灯を消した。エアコンを止めたい気もしたが、暑がりの連れがそれを許すまい。再びの暗闇。暗さに完全に慣れるまで、私の目の中にまだチラチラと、硝子の羽が残像を結ぶ。たぶん、あれは虫の羽の一部なのだろうと思った。ルーバーに五体を砕かれた虫がゴキブリでないと納得できたのか、連れは緊張を解いて再び眠り込む準備をしたようだ。小さいが、少し長めのため息が聞こえた。

「ホンゾウ先生に聞いても、現物がないとわかんないよね」

「わかる。あの手の朋輩は、いや先生は、現物による証拠主義で動いてはいないんだ。頭の中にある証拠だけで、おおむねわかっちゃうんだよ。コールタールなんて、現物があると却って悩みまくって一歩も先に進まない。羽が残っていないから、聞けば必ずや即答だ」

「ホウバイて何」

「そういうのはいいから、もうおやすみ」

「そうだね」

私も布団に手足を伸ばした。少し、汗をかいている。もうエアコンは運転音を音低く響かせるのみで、すべての動きが私たちを寝付かせようとしてくれているように思われた。もう寝よう、しかしながら、本草先生は、俺が結婚して羽田を出たころには、物故していたような気がする。本草先生が住んでいた長屋も数年前に取り壊されて、跡地にはヒメムカシヨモギが群生、狭苦しい羽田の青空に、虚しくその腕を伸ばしていただけのような気がする。

×月×日（クロジ）

日本橋コレドの中華料理店で昼飯。カニチャーハンみたいなのだが、相変わらず物足りない。餃子も。そもそもがちょっと物足りないぐらいの作り方なのかもね。たぶんもう、使わない。東大の公開講座（「@絶対零度」）を聞きに、武田先端知ビルなるところを目指す。東大構内ではなく、どちらかというと根津・弥生にある。モダンな研究棟のような感じ。聴衆が三百人も入るほどの広さは感じないが。会場はかなり埋まっていた。低温センター長の講演、誠実でわかりやすい話し方ではある。エントロピーの値の高い気体（高温状態）より、低温の方が物性（物体の個性）が明確に出る、というのは何となくわかるような気がして、面白い。引き続く強相関電子云々というのはもうよくわからない。レジメを読むに、最先端の研究らしい、ということはわかるが。唯一の外国人スピーカーであるオシェロフ教授は、ノベール物理学賞の受賞者。英語を聞いても何を言っているのかわからない。スライドは、日本語版が同時映出されるものの見にくくてわからん。レジメに載っている「フィルムフロー」、「噴水効果」、「ポメランチュク冷却」などの術語はそれ自体が面白くてわくわくするが、内容は、日本語であってもまあ、わからない。オシェロフ教授のスライドに映出されたアメリカ・ニュージャージー州の「大きな憂鬱の沼」は、北欧のダークなプログレのジャケットに使用されてもおかしくない本格的な暗鬱さで、講義の内容そこのけで重大な関心を寄せてしまう。ラムサール条約登録湿地だそうだから、さぞや見たこともないような水鳥が集まるのだろうな。質疑応答は六人ほど。そのうち三人は錬金術師の方。そうは名乗らないが、質問からみてご職業は錬金術師といって差し支えない、と思われた。お三方とも、初老ながらもこざっぱりとした身なりの男性で、話しぶりも生真面目、マッドサイエンティストのようなイメージは全くない。遠慮がちに立ち上がって、「真鍮を分離して亜鉛は出たが金が出て来ない」なんて、わりと淡々とおっしゃるのだ。ところが教授方も慣れたもので「それは錬金術ですね。私どもは錬金術はやっていないので答えられない」といった旨の回答を淡々と返す。錬金術師の方々も深追いしない。怒鳴ったり喚いたり、「私の質問に答えない!」などと激高もしないで、何事もなかったかのように再び腰を下ろす。彼らも彼らの「仕事」の行き詰まりに悩んでいて、大学教授に愚痴を聞いてほしいのかもしれない。何かの突破口でも得られないか、と心底思い詰めているのかも、しれない。でもそれが叶わないと知って、「これも錬金術師の宿命か」なんて思って諦めるのかもしれない。

春の夜の終わってしまったものよりも始まりそうにないものが好き

×月×日(アオジ)

西日暮里から開成高校前の道灌山通りを南下して古書ほうろうへ。カウンターに女性がひとり。アレルギーなのか、洟を啜り、それっぽいくしゃみを連発している。sumusを購入してから、店内を巡回。いきなり幻想文学系の棚がありつつ、買わず。不忍通りを東進して根津へ。千代田線、強風で遅延している。大手町で下車。さんざん歩かされて八重洲へ。玉の光酒蔵で昼メシ。海鮮丼。多すぎるんだマグロが。それだから飽きが来るのだが、全部食う。焼酎オーソリティで年に二回しか入荷しないという触れ込みの紫芋の「吉助」を買う。さらに八重洲ブックセンターに赴き、円城塔『オブ・ザ・ベースボール』を買う。森岡貞香遺歌集にも重大な関心はあったが値段がっ…。『広瀬ちえみ句集』を読了。川柳をまとめて読むのは初めて。よかった。川柳が好きになったというより、この人の作品を好きになった。なんとなく、池田澄子のテイストが木霊しているか。それとも、俺が広瀬さんの池田的な部分を抽出して味わっているのだろうか。

広瀬ちえみ

コスモスに染まる哀しい臓器たち
お手洗い借りるこの世の真ん中で
足の方から酸っぱくなってきておりぬ
薄皮を剝けば木枯らしではないか
立春のからだの中にいる魚

目と鼻をまだいただいておりません
町ふたつ越えて決闘しに行くの
行く末にさくらでんぶを敷き詰める
菜の花が降りてひんやりする電車
月光になりましたのでご安心を

東京は新横浜より溶けにくい錠剤なれば停車しません

×月×日（ノジコ）

ゆうべからセチリジンを服用し始める。そのせいか起床すると上下の瞼がぴっちりと張り付いて離れない。光学通りを伝って大井町駅まで歩く。途上、まちのパン屋、デュパンで昼食を調達。葛西臨海公園のなぎさでは、小学生高学年と思しい連中が徒党を組んでサーキットトレーニングみたいなことに勤しんでいる。コーチの言動が乱暴で気にかかる。デュパンのフィッシュバーガー、ピクルスが美味。公園にはノスリがかなり飛び回っていた。海上に蜃気楼のような構造物が望見されるのに妻が気づく。アクアライン関連の施設なのだろうと推測されるものの、大きさが不自然といえば不自然。帰宅後、薄暗い地下車庫に降りて埋蔵品の黒瀬珂瀾『空庭』を探す。そういえば、昨夜サリンジャーが死んだ。

冬の朝の澄んだ真水で造られた電気機関車から降りてしまう

×月×日（シマアオジ）

いつもの会議がまた混乱。怒号と「なんでそんなことで俺が大勢の前で面罵されんの？」という困惑と、まあ苦笑や失笑も。それにしてもP部長は舌禍に事欠かない。挑みかかられても、何となく受け流すようなフワフワした対応をできないものか。そうでないのなら売られた喧嘩を買うように見せかけて途中でクーリングオフするのはやめてほしい。どうかすると俺に引き取らせようとするのだから危なくてしょーがない。帰路、くまざわ書店で『決算書はこう読め』なる本を買う。おおどういうことなるかこうゆう本を買うとゆうのは。

うわべではパッションフルーツだがしかし、声をかけたら居眠りしてた

×月×日（ミヤマホオジロ）

寒い。近時、記憶力の低下著しい。そんな中、理化学研究所のPR誌を読む。PET（陽電子放射断層撮影法）の記事が面白い。脳の片側の半球しか痛くないので片頭痛なのね。初めて知ったのだが片頭痛には「閃輝暗点」という前兆があるとのことである。目の前にチカチカ光が瞬き、それが広がる現象らしい。頭痛にほとんど縁のない当方には想像がつかない現象である。セントエルモの火を見ているような感じなのかしら。非球面レンズの話も面白い。職場の特殊性もあるが、こういう雑誌が読めるのは得難いものであるなあ、と感心。もっとも、仕事は引き続き苦渋の選択が継続中。あ、苦虫を噛み潰すという便利なイディオムがある。昨今、葬った苦虫何匹にのぼるか。苦虫さんすまん、という感じ…。汗。

石鹸を総動員して落とそうとするも落ちない冬晴れだった

×月×日（カシラダカ）

午後、主催セミナーあり。ところが、満を持して送り込んだ筈の講師がお座なり講義を押し通してしまって頭のてっぺんから大汗をかく。話が違う。これなら俺が原稿を棒読みする方がましだ。だいたい受講者の質問にまともに答えずはぐらかすとは何事か。受講者の頭に角が生えださないか心配で、講義終了後には顔見知りの受講者にご機嫌伺いする始末。帰路、京成線で人身事故。浅草線動かず。仕方なく品川から山手線で大崎、大崎からりんかい線で大井町に出る。この程度の迂回で一時間余計に掛ってしまった。碌なことのない一日であった。

崖に置き忘れれば眼鏡にも淡い怒りの香が付くでしょう

×月×日（ホオアカ）

北爪満喜さんの『虹で濁った水』を読んだ。「日記帳」、なかでも「草の跡地」。ソファーやテーブルの「壊れ」、ばらばらにされた日常の残滓。90年代北欧のダークなプログレ（とりわけAnekdoten）を聞いているかのようだ。刊行の時期を見ても符合しているんだよな…。あるいは「赤い沼」。性的、というか、無性的、かも。性的なものを切り取って窪みができたらやっと、レナとむつみあうのだろうか。

欲しい。とりわけきみは鈍色の腋の下から大人になって
妹よこぼれてついに白樺の林で裸になったことなど
手に入れた兎の色はきみが歯を当てたみたいに真っ赤だったよ
塔の地下にきみをしまっておくための爪の暗号静かに回す

×月×日（コジュリン）

天気がいいので、歩道橋で第一京浜を渡ってみた。京急蒲田駅の高架化工事現場のクレーンが冬空に映えており、ケイタイのカメラで撮影したいのだが、この歩道橋、思ったより利用者が多く、なかなか立ち止まって撮るのが難しい。定点観測するには、根性が必要か。体調悪く、午後は熱っぽかったが、残業。帰路は五反田で京都の宿を予約。岩本素白読了。すぐさま、梨木香歩『f植物園の巣穴』を読み始める。

冬の夜の雨の降り出し遅ければ遅いほど地にマンゴー満ちる

×月×日（ホオジロ）

オアゾに。丸善の松丸書店で初めて買い物。当初の目論見では中野三敏さんの『江戸の本屋さん』と川島令三さんの鉄系文庫本だったのだが、後者はやめて小田光男さんの『書店の近代』を買った。小田さんの本を初めて読むのでこれは楽しみ。萩原葉子『蕁麻の家』読了。性格的についていけない人ばっかり出てきて圧巻。それにしても暗い。しかも未完の雰囲気を醸しながら終わる。以前読んだエッセイと書き手が別人ではないかと思えるほど。ここまで人物を露悪的に書くと相当のカタルシスはあるだろうが、書くについて投入すべきエネルギーはそれに数倍するに違いない。岩本素白『東海道品川宿』を読み始める。不審な火柱が立ったという法禅寺は北品川に現存！　必ずいくぞ旧東海道！

本ばかり買ってるからね両耳が転輸機ほども冷えていくのさ

×月×日（メジロ）

鎌倉・獅子舞へ。人出が多い。昨日の雨のせいだろう、かなりぬかるんでいる。谷筋に沿った登山道だから、水っぽいのは当たり前だけど。川を遡るに従って泥濘は悪化の一途。帰路は折り返しを諦め、瑞泉寺方面へ抜ける。紅葉も黄葉もいまだし。ギンナンの匂いもしない。瑞泉寺ルートは尾根筋なので泥はないが、岩の露出が多かったんだね。後ろから来る若い女性の二人連れに煽られながら進むが、最終的には道を譲る。昼は鎌倉宮前のもみじ茶屋で饂飩。食後すぐ鎌倉国宝館へ。「大本山光明寺と浄土教芸術、法然上人八百年大御忌記念」。混雑する。運慶・快慶の作多し。細溝洋子『コントラバス』を読了。

細溝洋子

買いきたる塩を容器に移しつつ感情に名前つけられずおり
終日を一枚の湖《うみ》持ち歩く流れ出す場所あらぬ湖
速達を出してそこだけ早くなる時間の帯を思うしばらく
グニャグニャと曲がって錆びた記憶からまだ生きている釘を取り出す
次々に芯が出てくるえんぴつの芯、と私を思う日のある
決まり事小さく破るあなたから私の螢を解き放つため
冷蔵庫は閉める間際に目をとじて寂しい瞼がときおり見える

あたりは好きだ。

僕は釘。不安を覚えるときすらも刺さったまんま抜かれるを待つ

×月×日（キバシリ）

未明に地震あり。雨は熄むも、時折思い出したように降る。風あり。少々蒸す。霜月なのに。午後から目白へ。紛失していた **Baba Jam Band** を再入手。嬉しい。**Anekdoten** が〇七年にアルバムを出しており、慌てて入手する。買わないわけにいかない。六千円以上はたいてしまっ

た。コクーンのブックファーストに潜り込み、岩本素白『東海道品川宿』を予定通り入手。そのほかに、あまり欲しい本が見当たらない。メガ書店なのにな、目が弱っているのか。Baba Jam Band、やはり一曲目のインパクトに痺れる。最初に聞いた時の衝撃をもう一度体験できた。笹井宏之『ひとさらい』読了。

笹井宏之

わたがしであったことなど知る由もなく海岸に流れ着く棒
遠い雲の膜を含んであしたから欠かさずうがいするつもりです
しっとりとつめたいまくらにんげんにうまれたことがあったのだろう
蛾になって昼間の壁に眠りたい　長い刃物のような一日
内臓のひとつが桃であることのかなしみ抱いて一夜を明かす
真水から引き上げる手がしっかりと私を掴みまた離すのだ
あまがえる進化史上でお前らと別れた朝の雨が降ってる
集めてはしかたないねとつぶやいて燃やす林間学校だより
それは世界中のデッキチェアがたたまれてしまうほどのあかるさでした
天井と私のあいだを一本の各駅停車が往復する夜
あわゆき、B級走馬灯が録画されてる脳を洗うあわゆき
わたくしは水と炭素と少々の存在感で生きております

ああっ詩が、戦後観測史上初おおあめとなり稲を育てた
　国連でこたつを「強」にしていたらカナダから「弱」にされてしまった
　果樹園に凧をむすんでいるひとと凧をほどいているひとの声

雑なつくりの歌もないではないが、珠玉の作品も多い。軽く「多い」なんて片づけているが、実際、珠玉ぶりは際立っていて、近年、これほど強くケリを入れられた歌集の記憶がない。

青くて青くて逃げ足ばかりはやくってそれでいいですすぐにください

×月×日（ゴジュウカラ）

　午後から、産業医によるレクチャーを受講。もともと他者のメンタリティをきちんと慮るタイプではないのだが、自分的には「これでいいだろう」と考えていた対応と、産業医から見て望ましい対応がかなり乖離していて、これは心配。帰路、池上線に乗ったのだが、池上を出てすぐ、バス通りの踏切を越えるなり急制動が掛けられて、吊り革に掴ったまま体が半回転する。これは轢いたか、と思ったが、線路内への立ち入りだった。ディパックを背負った、やや赤ら顔のおっさんが五反田側の線路脇を歩いている。現場で停車し、例の安全確認をやったので五分程度をロス。本当にあるんだな、線路内への立ち入りって。福永武彦『海市』を読み始める。

三読目。

悪意ある鷗のつばさ今日もまた椅子に机にしばりつけられ

×月×日（シジュウカラ）

銀座一丁目から有楽町線で市ヶ谷、新宿線に乗り換えて曙橋へ。出口を間違えて河田町方面に浮上してしまうが、なんとかラ・ヴィ・ドーチェには辿り着く。マロンのロールケーキとココナツの焼菓子を入手。都バス六十一系統で曙橋から新宿西口へ。この系統は、富久町や花園町を通る。花園なんて、学生の頃うろついて以来だ。終点がコクーンタワーに近い、すなわちブックファーストのそばなのが助かる。澁澤龍子『澁澤龍彦との日々』を購入。岩本素白『東海道品川宿』は次の機会にゲットだ。さすがにそう簡単に品切れにはなるまいて。帰宅してからは笹井宏之『ひとさらい』や『新世代鉄道の技術』を読むが、後者ところどころすっ飛ばさないとついてゆけない。ここ数日で文芸おおた用に十二首も詠んだ。フフ、変な歌ばかり。

やめたくてでもやめられず出っぱりを押した気分になってみました

×月×日（ヤマガラ）

午前中、『ナヤミノタネ』や『麦の庭』を読む。昼前に上野に出てまずはコカレストランでカレー＋汁麺セット。もっと辛くすればよかった。初めて「上野古書のまち」に入る。ここは「お店に入る」というより本当に「穴蔵に入り込む」風情。短歌・俳句の棚もある。ま、棚っていうか物置というか、とにかく堆く積まれているわけで、買って欲しい、という「陳列」の範疇ではない。全容がわからない。わかろうとすると相当の時間と手数がかかる。とにかく目立つ場所にあった塚本邦雄の『黄金律』を持ち、ぐるぐる店内を巡る。店内全体に未整理感が着実に漂い、心地よい古書酔い気分に浸れる。もっとも、アダルトも多く、文学系は比較的少ないかも。最終的には塚本を断念し（なんだか近年、塚本を諦めてばかりな気がする。）岡井隆『αの星』を入手。こういうカオスがちゃんと都心に残っているというのは心強い限りである。引き続き、東京都美術館へ。中で複数の展示室に分かれているわけか。『冷泉家王朝の和歌守展』。さすがに俊成・定家の自筆などというものは初めて見る。『拾遺愚草』だ『明月記』だのを生で見られるとは。定家による小大君の家集への書き入れ「一首として取るものなし」がガッツと印象に残る。

決断の遅いわたしもしかたなく灯台になる明るくならぬ

×月×日（ヒガラ）

毎年恒例、神保町の古本祭りに参戦。八重洲地下街で飯を食い、中央線経由で御茶の水から会場に乗り込む。すずらん通りは新刊本のディスカウントが主体。猛烈な人出。ちっとは覗いてみるが、案外こういう本に触手は伸びない。靖国通りに出るが混雑ぶりに拍車が掛って本すら見られず。仕方なく信山堂の裏、というかみずほ銀行の裏にあたるのか、とにかくあの辺りでまず小林信彦・文、荒木経義・写真『私説東京繁盛記』を、靖国通りに戻ってけやき書房で中里恒子『土筆野』と加藤克巳『青の六月』を。さらに「コミガレ」に入って二週間ほど前に買いそびれた尾崎雅嘉『百人一首一夕話（上）』を入手。一応三省堂にも入って新刊を物色するが琴線に触れるものなし。夜、藤岡忠美『紀貫之』を読了。すぐさま大学の同窓、守屋淳氏の『論語に帰ろう』をスタート。学究肌一辺倒ではなく、適度に砕けた感じもあって、脱帽。

×月×日（コガラ）

東京都渋谷区笹塚三丁目、味噌こんにゃくは元気だろうか高橋和巳『捨子物語』をようやく読了。知らない単語がやたらと出てくる。「紈」（しろぎぬ、白い練絹のこと）、「笊籠」（いかき、ザルのこと）、「羈絆」（きはん、活動の妨げとなる絆のこと）、「确」（そね、石の多い荒れ地のこと）、「霤」（あまうけ、「あまだれうけ」のこと。本来は雨垂れのこと）、「歔欷」（きょき、すすり泣くこと）。いやはや学のある人は違う。『捨子物語』は三部作の第一作として構想された、とは文庫本解説の秋山さんの言だが、この塩梅では三部作を読み終わるまでに何回漢和辞典を参照することになるのかわからんぞ。さらにさらに（健康食品の宣伝風）、理屈っぽさ、漢語の多さでわざわざ読みにくさを追求しているとしか思えないのだが、秋山さんによれば『捨子物語』は「叙情的」だというのだから恐れ入った次第である。満ち足りた読後感とか、小説世界の醍醐味とかそーゆーのとは無縁のような気が個人的にはするんだが。よく読み通したなわれながら。臥薪嘗胆臥薪嘗胆。

何もかもそのままでいてそのままでやがては海がひろがるまでを

×月×日（ハシブトガラ）

昨夜、外した指輪が見当たらなくなる事件が出来。結局就寝時までに出てこず、あろうことか夢にまで見る。ところが朝、五時起きして新聞を取りに外に出ると、ポストの上に指輪が乗っているではないか。コンビニに買い物に出た際、何かの弾みで家の前に落としたのだろうか。それにしても、拾い主はよくぞ過たず持ち主のポストの上に乗せたなあ。そもそも暗い中、指輪なんてよくわかったものだ。あるいは、後ろを歩いていて、私が落としたのを見ていたのかもしれない。そういうことにしておこう。さて、今日明日と秋田に出張。早目に羽田空港に到着する。搭乗口が本当にはじっこで、相当歩いたぞ。飛行機は小さい。大館能代空港濃霧発生中にて、東京引き返しも視野に離陸という不安定さ。まあ無事だった。大館能代空港は新しいものの午前、午後に一便ずつしかない。まず大館市のA社。社長、口ぶりにはハッタリをかます気配も混じるが、根はいい人だと思う。昼メシは「じゅんさいの館」で。お土産で売っていた一升瓶入りの蓴菜、今思えば安かった、買っとけばよかったと思うものの、訪問先まで持ち歩くわけにもいかず断念。いやはや残念無念である。いつか買って蓴菜を思うまま味噌汁に入れて食うのだ。午後は秋田市でB社。予定通りにことは進み、宿は秋田駅東口の東横イン。ホテルはNHKと合築されている。アトリウムが広々としていて、気分はいい。駅西口に飲みに行く。玄関にデカいナマハゲの面がある店。生ビール＋秋田の酒二種＋芋焼酎ロックで十一時までとやや軽めに仕上げた。

スプーンのそのなだらかな坂道でいずれ生まれ変わるさ、朱鷺に

×月×日（ツリスガラ）

五反田駅の道中そばで腹ごしらえをしてから代々木乗り換えの大江戸線で練馬、さらに西武線というルートで中村橋へ。練馬区立美術館へ。なんなく辿り着く。参照した地図はいろいろ書き込み過ぎていてかえって迷う。小野木学『ナヤミノタネ展』、非常に良い。とりわけパステル・鉛筆で軽く展開する晩年の作に捨てがたい味わい。「カタクナナ　フォルム」、「ナツマデニワ」、「トビ」、「ヘイボンガトリエ」、「ウミカラミタヨル」など、ガツンとくるものが多い。第二歌集を出せるのなら、しかも多少金掛けて出せるのなら、ぜひ表紙にしたい。どーしよ。小野木の甥にあたる上矢津の『ナヤミノタネ』たまらず購入。帰路、早稲田に寄って今年も早稲田青空古本市に参戦。ワゴンを全て見て回るが、昨年ほどのインパクトは感じない。三日目だからか。それでも柴生田稔歌集『麦の庭』を購入。内田樹『下流志向』読了。

愚鈍愚鈍、そんな僕でも足音を忍ばせながら陸地になれる

×月×日（エナガ）

昨日からなぜか背中に強い張りを感じる。寝返りを打つのもきつい。左の肩甲骨のあたりだ。

要するに寝違いなのだろうか。しかし一日経ってもよくならない。今日は投票日。迷った。投票後、五反田に出て、駅前の亜細亜で昼めし。海老冷やし中華。酢がかなり効いていて、味は好みだが、量は少ない。ブックファーストで『書肆ユリイカ』を購入含みでじっくり見る。でも買わず。日経に書評が出ていた『コスプレする社会』を少々立ち読み。懐かしやせりか書房だ。でもこれも買わず。汗。『本とわたしと筑摩書房』を読了する。徐々に出版システムが整っていくさまと、それについてゆけない作家のコントラストが面白い。大学時代の同窓のK女史のご父君と思しき方も出てきて、そぞろ感慨に耽る。夕方から『久生十蘭短編選』を読み始める。一発目の「黄泉から」、いきなりこれだ。今までなんで読まなかったのだろうか。こんな凄いの。

苦労して手に入れたのに鳳凰は羽ばたくよりも居眠りが好き

×月×日（サンコウチョウ）

仕事で仙台へ。東北新幹線の車中は部下とトップに挟まれた末席、なぜ俺が。何社か製造業の現場を巡って工場長や経営者にインタビューをするのだが、みなさんよく喋ること。でもトップがよく喋るのに反比例するのか、ワーカーたちは至って物静か。挨拶はみなきちんとするけどね。夜は仙台へ。事前に情報を得ていた老舗の牛タン屋さんは混んでいてとても入れず。さくら野百貨店そばの居酒屋に入る。悪くないが、あまり東北的な風情はない。トップと部下は途中で帰り、委託先の調査員二人と深夜まで食って語って酒びたり。明日のインタビュー平気か。朝から矢板、午後から那須塩原だというのに。宿泊は駅近くのホテル。何の気なしに部屋の窓を開けたら、どうしても閉まらなくなってしまった。まさに閉口。どうせ数時間しか寝ないので、開けっ放し。

夏の朝の雨のカッコウしたたかに生きようとして立ち消えになる

×月×日（コサメビタキ）

一日家居。北尾トロ『ぶらぶらヂンヂン古書の旅』、田島邦彦『晩夏訛伝』、高柳克弘『未踏』を相次いで読了。携帯電話メモ帳の俳句を整理する。こうしてみると屑ばかり…。北尾さんの本は面白いのだが、文章そのものになぜか好感を持てない。下手というのではないのだが。田島さん、ユーモアのある作品は初期からなのだな。いかんせん、当時はともかく今となってはいまひとつ面白くないけど。高柳さんはさすがだが、少々手堅すぎる気はする。

高柳克弘

やはらかくなりて噴水了りけり
噴水やポプラの暮るる中にあり
秋深し手品了りて紐は紐
ともしびも持たずさまよふ枯野かな
ストローの向き変はりたる春の風
桐の花ねむれば届く高さとも
日々とほく見てゐし冬木けふ倚りぬ
充電のあひだ寒潮見てゐたり
枯るる中ことりと積木完成す
枯原の蛇口ひねれば生きてをり
文旦が家族のだれからも見ゆる
酢の壜のきれいなままに夏終る

特に「桐の花」、「充電」、「枯るる中」がいいな。

わたしにも暗いすっぱい食えそうもない柑橘がある腹のなか

×月×日（エゾビタキ）

京都八時三十一分発の新快速播州赤穂行きで神戸へ。車中、町田康『くっすん大黒』を読み続ける。語り口が面白くてあっという間に読む。三浦雅士は梶井基次郎との類似を指摘するが、筒井康隆の初期に近いんじゃない。三宮駅、なんだか知らないが九時三十分から停電するとかで大騒ぎしていた。兵庫県立美術館へ。企画展『日本の表現主義』と常設展を併せて鑑賞。企画展あまり面白くない。名のみ聞く『マヴォ』の実物を初めて見る。津坂淳の写真『風景』が凄かった。これが一九二八年のものだとは。堀口捨己の『精神的な文明を来たらしめんとして集まる人々の中心建築への最初の小試案（正面図）』がいいなあ。こういう理想主義的な決意に細部まで浸されたハコ物が地元に欲しい。浅原清隆は『敗北』を見ることができた。午後は三宮へ。ジュンク堂へ行ってみると何と、ふらんす堂に予約しようと思っていた高柳克弘の『未踏』があるではないか。戦利品だ。買う。暑い中水分も取らずに旧居留地、中華街をうろつく。中華街は横浜に比べれば範囲が狭く、その分人の集まり方がハードだ。阪神で大阪に出て、普請中の大阪駅を見学したあと、阪急で京都へ。河原町まで行き、御幸町通のアスタルテ書房を目指す。さえないマンションの二階にあった。スリッパに履き替える。店主一人。一から十まで幻想文学、かと思ったがそんなことはない。中上健次『枯木灘』を三百円で入手。ワグナーが鳴り響く店内。店主が座るテーブルの上に四方田犬彦の名刺があった。名前が印刷されているだけのもの。アスタルテを出て、寺町二条、革堂あたりまで散策。おかしい、アルマツオが見当たらない。閉店したか。夕飯は四条西桐院まで出て京小町食堂で。鯖味噌煮＋大根と肉団子の煮物＋味噌汁＋めし大盛。めしの大盛が凄い大盛。でも食ってしまった。寝る前に岡井隆『前衛短歌運動の渦中で』を読み始める。面白い。

いもうとはいまにも僕の倉庫から眠くて苦い水を汲んだよ

×月×日（オオルリ）

調子よく五時起きしていそいそと準備をしていたらテレビをつけてまもなくNHKが緊急地震速報を流す。しかも静岡・山梨が震度六の予報。数秒と置かず、揺れ始める。二十三区は震度三から四だったのだが、静岡一帯震度六弱！　天を仰ぐが、とにかく品川へ。案の定新幹線は始発から運転見合わせ。小田原—浜松間の百五十キロ近くを何人で受け持つのか知らないが検査員が徒歩で辿ると云々。震度が大きいので、路盤から橋脚までいちいちチェックするのだろう。再開の見込みが見えないまま待つ。二時間を耐え、八時過ぎに検査完了、順次運転再開となるが、小田原から先は在来線もかくやのノロノロ運転。お蔭様で順調に読書が進むことよ。『和歌とは何か』読了しちゃったよ。正午すぎに京都着。四時間超の遅れ。自動改札に券を通したら戻ってきたので払い戻しができるのだろう。結局下鴨納涼古本祭りの参戦は十四時からとなってしまう。全体的に曇りの上に、折々パラパラと小雨が降り、昨年ほど体はキツくない。二時間以上かけて会場を二巡し、ヨドニカ文庫で岡井隆『前衛短歌運動の渦中で』を、光國家書店で『古泉千樫歌集』を購入。以降、短歌続きになったので小説か随筆が欲しく、水明洞の五百円均一で谷崎潤一郎の『雪後庵夜話』を二年越しでついに購入。このほか、中里恒子、澁澤龍彦、種村季弘、中野三敏、野口武彦の諸家に触手を伸ばすも、断念。弱含みだよなあ。十六時三十分ごろまで粘ってから、東山に出て白川沿いに散策。京阪三条から鴨川を渡って三条名店街に入り、矢田寺を経てホテルへ帰る。夜は西洞院までそぞろ歩いて、やよい軒で食事。体育会系の全国大会みたいなものがあるのだろうか、ガタイのいい女子大生と思しき集団が猛然とメシ食ってた。

雉鳩ちゃん。ぼくもあなたも救われること前提の朝のはばたき

×月×日（オジロビタキ）

浅間温泉郷のバス停近くにある公園は、松本と浅間温泉とを結ぶ路面電車のターミナルだったらしく、確かにそういわれてみれば不自然な空き地だ。廃止は昭和三十九年とのこと。バスを待つ頃もっとも雨脚が強かったが、次第に弱まる。松本城へ。時折、外光が入り込む場所が

あって、そういう場所にはじっと留まっていたいと思う。松本市立博物館にも入る。古代と現代の展示が厚い。というか、六十年代の家電や玩具類の展示が執拗。それはそれで面白いが。開智学校にも行く。木製の床、螺旋状の階段、八角塔。いずれも大好き。歩いて松本駅に戻り、帰路に着くが、岡谷・下諏訪間の踏切で電車と車の衝突事故があったとのことで、あずさ二十号は延発。結局十五分程度の遅延で済む。昨日来、大事に至らぬトラブルだらけ。山梨県内通過中に、突如後ろの座席のおっさんから異臭が立ち昇るという椿事出来。都内に入る頃には沈静化する。なんだったんだあれは。クサヤでも食っていたのか。長野県内は眠くてどうにもならず、『市井作家列伝』読了できず。二日間の旅行で短歌十首。上出来也。帰宅して食事をしていたら井筒ワインからもう荷物が届く。宅配の女性が配達日を勘違いしたのだが、結果オーライ。ま、いっか的トラブル、これで打ち止め。

なんてこと言いながら発つ雨脚が弱まりかけた信濃の国を

×月×日（キビタキ）

四方津付近で雨催いの天気になったので心配したが、笹子トンネルを抜けたら青空。塩尻は曇り。駅前のポケットパークのような場所に「短歌のまち塩尻」なる石碑が建立されていた。

知らなかった。駅から歩いてまず井筒ワイナリーへ。移動手段は徒歩しかない。通いなれている勝沼と違って、塩尻は平地の面積が広い分移動は楽だが、交通量も多いようだ。井筒、先客があったがすぐに私たち二人だけになる。無料試飲のみにてメルロなど赤二本購入。ゴイチワイナリーに行く途中で雨が降り出す。ゴイチは実に飾り気のない売店。お店の方はフレンドリーだった。松本で今夜開催される花火大会「松本ぼんぼん」のスポンサーになっているらしく、ノベルティの団扇をもらう。ずいぶん手抜き感覚溢れるキャラクターがデカデカと描かれている。何を象った生き物なのかよくわからない。なんだろう。よーく見ると頭が二股に割れていて、しかも「狐色」に着色されているので、狐のようにも見えなくない。あるいは「松本ぼんぼん」という名前がついているのだろうかこの子に。それにしてもこれなら俺でも書けそうだと思わしめる。実際、「あー、キャラクターつくんのめんどくせー。誰かテキトーに書いといて」、「はーい」なんて経緯でできました、と言われるとそうだろそうだろ、と腑に落ちるような代物。ワイナリーの周辺には飯を食う場所がない。国道沿いにならちっとぐらい店があるだろう、と思っていたが全くなかった。仕方なく駅に向かって暫く歩くと、ぶどう園を併設したスナック風の蕎麦屋がある。辛うじて昼食にありつく。冷やしうどん定食。ご飯の盛り方が並大抵でなく、珍しく食いきれなかった。食後は雨脚が強まり、雷鳴さえ轟く中を信濃ワインへ。道すがら、車道に蹲っていたアマガエルを拾って指が汚れたので、ワイナリーでは即トイレに入る。折からの豪雨で客がおらず、ゆっくりできた。塩尻まで大雨の中、泣きそうになりながら歩く。しかも十四時発の松本行きが出た直後で、次発の長野行きは雨のため遅延とかいう。十分以上遅れたか。高校生が多く、プラットホームに活気はあった。松本からは松本バスで一路浅間温泉へ。宿は坂の途中。松本市街を一望できる。温泉、湯温はややぬるめ。最適。二度入浴。市街の夜景が眩しかった。花火はどこにあがっているんだ。

もう夏が終わりそうです我慢して我慢してついに花火さくれつ

×月×日（セッカ）

猛暑到来か。午後、町田行き決行。まずは五反田駅内の「道中そば」で冷やし中華の大盛を食う。新宿から小田急に乗るのは実に久しぶりだ。町田駅での出口がわからず当初迷うが、東口が正解と分かって、いやはや猛烈な陽射しの中、商店街を南進。町田街道からの下り坂が急峻で、下りだというのにこれが厳しい。町田市立国際版画美術館は緑豊かな芹が谷公園の一部。『中林忠良銅版画展―すべて腐らないものはない』。想像していた以上に一つのテーマの変奏が多い。もともと版画とはそういう表現メディアなのかもしれない。『萌ゆる芽（カオスの中から）』、『白い部屋』の連作はよかったが、『囚われる風景』の連作はあまり好きでない。年代順に作品が配列されているが、七十二〜七十五の時期では『暗黒の譜』がいい。展示物自体でみても最も暗示的。宇宙から流星が落ちてくる様相が白と黒の表現であらわされ、といってそんな事実があるとしても必ずしもこういう状景ではないのだろうが、沈鬱。腐蝕過程を刷り出した一連の実験も興味深いが、このあたりの作品はほぼスルー。常設展示室の『戦争と版画家オットー・ディックスと北岡文雄』がこれまた面白い。ディックスは第一次世界大戦での従軍体験を版画で表現しているわけだが、これが日野日出志もそこのけ。余人には窺い知れない苦悶なしにこれらの作品は到底成立しなかったであろう。北岡はシベリアからの引き揚げ体験者。これだって相当なものだろうが、ストーリー性があるうえ、ディックほどは残酷な表現がない。『赤い磯』、『樹間』といった六十年代の作品が爆発的な力強さを示していたり、一転静謐さを湛えていたりしているのは私の好みである。晩年の作品はカラフルなものになっており、それはそれで楽しい。来てよかった。館を出て今度は急坂を登って町田の中心部に出て、本日の隠された目的地である高原書店を目指す。さすがに大きい。七十年代まで存在した地域の病院という感じの建物。内部構造も複雑で、まさに総合病院だ。決まりなので荷物を預けて、二階の日本文学、とりわけ俳句・短歌を中心に見ていくが、若手の本は意外に少ない。この手のものはネット販売の在庫としているのか。木山・小沼・上林の作品に触手は向かうが、止める。一階の百円文庫も物色するが、石川淳に照準を合わせつつ断念する。懐かしいカバーの角川文庫『日本永代蔵』などもあって、気もそぞろになりつつ、どうにも弱含みで買いきれず。何しに来たんだか。ところが、高原を出て、駅に向かう途上に見つけた成美堂書店で旺文社文庫の木山捷平『耳学問・尋三の春』を五百円で買ってしまう。帰路、中村文則『銃』を読了。結局こういう結末か。主人公の頼りなさを示すためなのだろうと思うが「その」とか「それ」といった指示代名詞が極端に目立つ。「さすがにそれはしなかった」とか「どちらでもよかった」というあまり勢いの感じられない地の文も少なくない。会話では「何?」という聞き返しが、コミュニケーションを成立させまいとする話主の意図を暗示する記号のように散在。これは作者があえて機能させるべく配置したものなのだろう。考え込まれた秀作だなと思った。説教くさくないし。ということで夜から『ニッポンの鉄道遺産』を読み始める。

ねえ、明日地球は滅ぶはずなのに桃のおしりをつつかないでよ

×月×日(キクイタダキ)

明け方、雨。午前中から日が出始め、午後からはほぼ快晴。これで負債のごとく溜まった洗濯物が一掃できた。荏原町の沖田精米に行き、北海道産の「おぼろづき」なるミルキークイーン系統の米を買う。夜、『阿部完一句集』を読了。「燃え上がり」なる面白い言葉を教わった。岡井さんのエッセイはさすがだが、飯島晴子氏の論がより鋭いと思う。「言葉の意味伝達の機能が働きすぎる」のは阿部の本質ではないそうだ。言葉をして伝達の仕事ばかりに従事させず

「あちらの世界」に行かせること。「言葉は自由に放ったらかしておくと、勝手にいろいろの仕事を始める。」本編より解説等に教わることが多いというのも、読者としていかがなものか汗。ま、ともかく中村文則の『銃』を読み始めた。

うまれおちたときの不純なままゆだまをくりかえしくりかえし目覚めさせてる

×月×日（センダイムシクイ）

午前中はまたぞろ例のロングラン会議。出たら出たでいきなりKさんに、あるトピックに関する相当突っ込んだ発言をするように求められる。事前に何の調整もなくこれだ。やられたらやり返せということで、テキトーにかつ堂々とまくし立ててしまった。平気かよ。今回も時間通りに終らず、昼休みを二十分ばかり献上する羽目に。午後、先日降って沸いた仕事をとにかく進行させる必要が生じて右往左往する。夜、『このあいだ東京でね』読了。聞きしに勝る小説だな。淡々としていて、いわゆる小説的な味わいつうのはないのう。でも白鳥さんの詩のイメージは確かにある。小難しくない実験作かな。

予測などつくかよ缶のコーヒーをふってふって噴火の音がするまで

×月×日（オオヨシキリ）

ブックフェアに出かける。混雑を予想していたが、入場するのはわけなかった。でも入ってからが大変で、人波に巻かれて人文・社会科学フェアのコーナーになかなか辿り着かず焦る。まず国書刊行会のブースから始めて平凡社、ミネルヴァ書房と辿る。ミネルヴァのブースでは裁判員制度について橋爪大三郎が若者に向って何だか喋る、といった趣旨の催しをやっていた。耳も貸さずに通過する。「通路4」に国語・国文学出版会があり、右文書院、笠間書院、おうふう、至文堂などのが目白押し。とはいえ「通路4」は軽く流して、一冊目の購入はみすず書房（「書物復権8社の会」としての）で、かねてより探していたトリシア・ローズの『ブラック・ノイズ』。みすず書房の名入りのバッグを貰う。国書刊行会の『ネクロフィリア』には若干の、まあ重大な関心は寄せつつもあっさり諦め、右文書院へ。鈴木地蔵の『市井作家列伝』を手に取る。精算の際、係の方から「同著者の『文士の行蔵』もお勧めです」と言うので、「もう持ってます」と自信満々に返事をすると、驚いた顔をして絶句していた。それほどびっくりするようなことを言っただろうか。この後、中央公論、筑摩書房、河出、文芸春秋、角川とビッグネームの連なる通路2へ。混雑著しく、腰据えて選ぶことできず。最後に交通新聞社で『ニッポン鉄道遺産』を入手。今思うと、折角のバーゲンなので、もう少し高い本買えばよかったかな。帰路、大井町で食品類を買ったら、レジ袋が手指に食い込む大荷物になってしまった。帰宅後は眠気と戦いながら『シュールレアリズム』を読了し、引き続き『このあいだ東京でね』を読み始める。青木淳悟を読むのは初めてなので期待大きい。青木淳悟の文章はちょっと白鳥さんのそれと似ているのではないかと思う。

失せ物は見つかりますか気が付けばヒトの蕾に囲まれていて

×月×日（コフンガビチョウ）

調査を委託した業者の都合もあるが、まあ多くは当方の都合で、打ち合わせを蕎麦屋でやることになってしまった。郊外というか、どちらかというと山裾といっていい立地で、それとなく嫌な予感もあったのだが、案の定打ち合わせ開始後小一時間もすると店外の雰囲気が慌しくなってきて、人の怒号も聞こえるのは、あるいは近隣に小火でも出来したかと思われるほどだ。形を持たない緊迫感だけが、止みかけの霧雨のように私たちの卓にも降りかかってくるのだった。冷静な主任調査員のHさんは始終落ち着いていたが、こうなるとさすがに中間報告の弁舌を止めて、「騒々しいですね。」と窓の外を見やる仕草をするが、窓ははめ殺しの曇り硝子なので、嫌な雰囲気がそこに滲んでいるに過ぎない。「所詮小火程度じゃないですか。」と私は応じるけれど、その実内心は不安である。蕎麦はもうとっくに食ってしまって、蕎麦湯も空っぽ。いまさら蕎麦湯ばかりもらっても仕方がないが調理場に向かって研究員のＩさんが声をかけて蕎麦湯を所望する。しかし応答がないのは、いよいよ熊の襲来に怖気づいた店員たちが揃って逃げ出してしまったらしい。「蕎麦湯は飲み放題ですね。」Ｉさんは茶目っ気を発揮するけれど、私たちは同意とも不同意ともつかない相槌を打つしかなかった。Ｉさんも蕎麦湯を取りに席を立つわけでもなく、不安を楽しもうとするかのように、いや要するにいつもと同じように微笑んで先輩Ｈさんや私の発言をメモしている。熊は蕎麦屋の周りをぐるぐる回っているようなのだが、時々立ち止まって拍手をしているらしい。熊だから人間のやるようにいい音が発せられるわけではない。何だかくぐもった音で、表現が難しい。厚手のタオルに、滴り落ちるほど水を含ませて、二階から乾ききった盛夏の路面に叩きつけた時の音に近かった。熊は窓に凭れ掛って、蕎麦屋の中を覗こうとしている。曇り硝子だから中は見えないのだ。しかし熊はずいぶん長い間中を覗いている。さすがに熊らしいシルエットが曇り硝子に映りこむのは少々恐ろしい。Ｈさんは「なるべく無視しましょうか。」と言うなり、引き続き報告に取り掛かる。熊は動かなくなってしまった。警察に電話して助けを求めようと思ったが、肝心の蕎麦屋の名前を忘れた。「孤湖」とか、「古霞」とか、そういう名前だったような気がする。

一気飲みしたまえカルピスソーダには雨季がこってり沈めてあれば

止まれ

×月×日（ココヨシキリ）

久しぶりに休暇取得。未明に目覚めてしまう。まさか休暇が取れたので興奮したのか。午前中はモーアシビの原稿書きに勤しむ。少々歌が弱いと思う。正午までに一旦終わらせ、新橋に出てまず直九で冷やし中華の大盛りを食う。オアゾの丸善へ。西元直子『巡礼』と黒瀬珂瀾『空庭』を購入。梨木香歩、紀田順一郎両氏の本も欲しいが自重した。あと東洋経済の特集が「鉄道進化論」だったので買ってみる。新橋に戻ってシャツ二枚、タイ三本を購入。シャツ、長袖はチョコレート色のラインが縦に入っているもの。半袖は明るいグリーンのライン。タイは青、緑、桃。桃色は目が痛くなるような明るさのものを買った。なんて言うのかな、「日が当たっているときの桃色」かな。帰宅は午後一時過ぎ。買い物して満足。再びモーアシビのエピソードを入力。二日分を追加して、完成、送信。ところが、読み返してみたら誤り発見。慌てて書き直して三十分後には再送する有様。送る前に推敲しろ。塚本邦雄『夕暮の諧調』、ほぼ読了。不勉強につき付いて行けない箇所は多々あるが、それでも面白い。「月旦する」（人物の品定めをすること）なんて言葉を初めて知った。来月末日でR25式モバイル閉鎖されると云々。重宝していたのに、突然だからなあ。まあ無料だからわーわー言うことはできないけどね。

洋梨を沈めたままで出てきたがやはり始発は行ってしまった

×月×日（オオセッカ）

今朝は大地震の夢。地震のあと、汚水（どういう性質の汚水か不明）を貯蔵した真っ暗な室内プールを泳ぐシーンがあった。近時、夢見悪し。午後から都心へ。先日行きそびれた東日本橋の薬研堀不動尊へ。近隣の家並みに溶け込んだ風情の寺院。本尊は小さくて外からはなかなか窺いきれない。境内には「講談発祥の地」の碑がある。この付近、近世には市も立って賑やかだったようだが、戦後は廃れた。昭和四十年代に市が復活し、最近は往時の面影が戻りつつあるとか。人形町から日比谷線で仲御徒町へ。昭和通りを渡って明正堂を瞬間的に冷やかす。大江戸線で帰る。島浩一郎詩集『壁に記された物語』を読了する。著者ご本人が言うとおり、やや気負いが感じられる。特に後半のメタ詩の部分。

煙突を見あげてごらん猫はそこにほら上空を置いていったよ

×月×日（ウグイス）

午前四時に目覚める。指と指の間にひどい浮腫ができてしまい、手首から切断しなければならなくなる、という悪夢を見る。それもそのはず。万歳するように両手を上げて、しかも両手指を互い違いに組み合わせている。こりゃ痺れるよなあ。梅の木平へ行く。『法然』を携行。まだ道は満足に整備されておらず、悪路と言っていい。急坂を登っていると、道の真ん中に**モグラの死体**が転がっている。新しい死体のようだが、早くもアリがたかり始めていた。峰の薬師から遠望する横浜は靄に閉ざされ、ランドマークタワーも見えない。そう悪い天気とも思わないが、スモッグなのだろうか。これほど見えないのは珍しい。下山時、**「さすがに道のまん真ん中に転がっているモグラの死体を踏むはずがないだろう、もちろん注意するし」**と自信を見せつつ、折々地面に目を落として細心の注意を払っていたはずが、ふと夏鳥の囀りに樹上を見上げた一瞬の油断っ。真っ向からそれを踏みつけてしまった。それまでの注意が烏有に帰すこの感覚。**モグラ、案外硬かった**。帰路の京王線では、睡魔と闘いながら『法然』。帰宅したら『開耶』が届いていた。自宅前のガス工事、夜七時までやっていて落ち着かない。

耳あってこその私と思うのに路上の凹み十重に二十重に

×月×日（ヤブサメ）

快晴。近時、土日は比較的目覚めが早く、身体がそれ以上の睡眠を求めていないようでいて日中は眠いのだから手に負えない。大磯に行く。車中は『夢の始末書』。これ、みな記憶を頼りに書いたのだろうか。だとしたらすごいことだ。照が崎海岸、いつの間にか大量の砂利・礫が敷き詰められていて様相が一変していた。目の前の海には岩礁。手元には川から流れてきました、みたいな石ころ。アンバランスな眺め。水は相変わらず澄んでいるし、渚に近づきやすくなったし、悪いことばかりではないのかもしれないが。人出は多い。二十分ぐらいで辞す。昼飯は国道一号からちょっと引っ込んだところにできた「エスパス」で地元産鯛を使ったワンプレートランチ。昨日来また胃の調子が下降気味なるも構わず食う。いいですね、温野菜が多くて。帰路、平塚で空の車が先頭に五両も増結されたので余裕こいて座ることができ、『夢の始末書』の続き。でも寝ちゃうんだけどね。何とか読了したが。帰宅して種まき。もらい物の矢車草、カモミール。ポピー、美女撫子詰め合わせ。だいぶ古い種なので、発芽しないかもしれない。『雨月物語の世界』読み始める。顔、腕に日焼けした。

思い込みの激しい朝にぱっくりと開く靴下の穴が、すずしろ

×月×日（ツグミ）

雨。夕べは何かに興奮していたのか寝つきが悪かった。午後から板橋区立美術館へ。三田線完乗は二回目。イタビは「開館三十周年記念　日本のシュールレアリスム展」。館蔵品展であるからか無料なのは嬉しいが、図録が作製されないのは致し方ないとはいえちと残念。ま、まずは早瀬龍江『絶望の果て』。渚、そして風に煽られる傘。遠方の空はうすら明るんでいるが、手元は雷雨に見舞われているかのような暗さ。このコントラストが好き。渚には開いた傘が、強風に飛ばされつつあるさ中なのか、影のように、というか幽鬼のように書き込まれていて、これにも釘付け。しばらく動けない。伊藤久三郎の『toleration』は生で見るの二回目。図録も持っているが、やはりリアルで見たほうがいい。それ以上に諸町新『ある季節』が琴線に触れる。伊藤に比較するとぐっと書き込まれるアイテムを絞り込み、物語性・象徴性を静かに煮沸しているような感じ。煙突からの煙はリアル。手元に置かれた枯葉もリアル。物質。質感。でもそれは物質ではなくて、若い日、いやむしろ幼い日の孤独、ひとりぼっちで置かれていたこと、がじくじくと滲み出ているだけだと思う。見ていて痛いぐらいに。渡辺武『風化』もいいな。大塚睦『地割れのある風景（風景A）』、『砒』もよかった。「ヘタウマ系」というか、リアルな画像に軽くモザイクを掛けたような不安定な描線が、かえって描かれる対象の「リアル」を反映しているということなのだろうか。寺田政明『夜（眠れる丘）』や『月間展覧会ガイド』に掲載されていた渡辺武『祈り』も印象深い。それほど混雑もしておらず、大満足である。いいなー区立美術館。北馬込にもほしい。五反田の明屋書店で萩耿介『松林図屏風』を購入。

雨がやむ。僕はうっかりひとだまを潰して夜の準備にかかる

×月×日（シロハラ）

曇り。多少は日も射す。週末の薄暗い文学の懐から出て急にビジネス世界に飛び込むのでかなり目が回る。朝から往々にして立ち往生するが、まあ人に悟られないように立ち往生するテクニックは相当身についてきたかも。先日、早稲田古本村通信が配信されたのだが、南陀楼綾繁氏のコラムに早稲田大学神秘学研究会の「F氏」が活写されており、これはどう考えても同窓のF君。F君にメルマガを転送すると彼も一驚。さっそく南陀楼綾繁氏にコンタクトを取り、事実関係を確認、久闊を叙したとのメールがF君から届く。まあご同慶の至りであるが、卒業後二十年経っても、わずか数行のメルマガを読んだだけで行状がありありと想起されるというのは、さすが名うてのサイキック学生F君である。『良い死』と並行して岩波文庫の『窪田空穂歌集』をつまみ読み。

ものはみな針を隠したまま笑うアリストテレスに好きと言われて

×月×日（シロハラ）

昨日来体調思わしくなく、久しぶりに南雪谷まで通院。雪が谷大塚駅周辺の変貌ぶりに一驚する。一年足らずとはいえ、とても自分が住んでいた町だとは思えない。垢抜けましたね。これなら隣の御嶽山にも負けない。病状は怖れていたほどではなく、外用薬の塗布で事足りると。二週間ほどで落ち着こうとのこと。クリティカルな状況ではなかったので安堵する。しかし、病院に入ってから出るまで一時間半も掛かってしまった。それほど多くの外来患者がいたようにも見えないのだが。帰路、雪が谷大塚のブックオフで中村文則『銃』を入手。『京都の空間意匠』読了する。タメになる情報もあるが、読み応えがあるわけではない。実際、パワーポイント原稿を紙に落とすとこうなるかな、という感はある。立岩真也『良い死』、満を持してスタート。

×月×日（アカハラ）

つじつまが多分合わない合う合わないそのちくちくを我慢しましょう

午後、都心へ出張。しかし、市谷で下車すべきところ、どういう訳か四谷で降りてしまった。結果的に四谷からも行けたのではあるが、ところどころ迷いつつ。市谷での所用を済ましてから飯田橋へ。飯田橋ではこちら側主導で打ち合わせを終え、意気揚々と御茶ノ水へ。古本買う気満々。今思えば新型インフルエンザのせいかな、人出が少なかったなあ。東京堂を冷やかし、湘南堂などを覗き、結局は日本特価書籍で井上泰至『雨月物語の世界』を、信山堂で『久生十蘭短編集』を購入。帰宅すると光栄尭夫師から『向こう側』が届いていた。歌集を出すごとに装丁が洗練されてくると思う。目黒でも新型インフルエンザ発生する。日々、クリティカルな状況。

まだきみは尻尾を持っているんだね二重窓からもう出て行けよ

×月×日（クロツグミ）

昼飯は五反田で食おうと思い、ガード下のラーメン店、蕎麦店を狙うが開店前で果たせず。ということでエキナカの立ち食い蕎麦で済ませることに。三トロと称して、トロロ、オクラ、メカブ。さらにコラーゲンを配合とのことだが、食材の構成要素にコラーゲンがあるのはわかるが、コラーゲン自体が食品になるとは。サプリメント入りの食事ということなのかな。食ってみると特段違和感はない。食後高田馬場に。ビッグボックスの古書感謝市へ。丁寧に棚を見て回る。いくつか手は動くけれど、あまりピンと来ない。村松友視『夢の始末書』を購入。講談社文庫の立原道造論はかなり悩んだが、内容が精緻。当面読んでいられない気がする。その後目白のマーキーに行く。そもそもはイーラクレイグの三タイトル紙ジャケ再発だの、以前より目を付けていたフルートフロントのバンドTEEを買うはずが、岸倫仔さんのルックスに打たれてあっさり生写真付きの「GO PLACES! LINNKO」ほか四枚に変更。帰宅するやさっそく倫仔さまを聴く。バイオリンの音色が艶やか。ボーカル作品はやや素人っぽく感じるが（敢えてそうしているか）、歌詞のナイーブさも相俟って、まさに倫仔さまが言うとおり、懸命に「生きている」。生きていることと表現することが直結しているように受け止められる。桜狩巻頭の大津論が立ち往生。夜まで掛かってウダウダ考えるだけでまったく纏まらない。しょうがないので倫仔さまの生写真を見る。汗。

耳鳴りがついに途切れた気がします枇杷の葉裏のふさふさの毛よ

×月×日（トラツグミ）

およそ三年ぶりに浦和の大久保農耕地に行く。浦和駅が改築中で、以前の昭和五十年代風の薄暗さが少々緩和された。農耕地にはさして変化がない。土手の補修みたいなことはしていたが。やつしまニュータウン内の駄菓子屋さんで、急に思い立って青紫蘇の種を買う。日差しがきつく、夏鳥の姿も多い。どうやらコシャクシギではないかと思われる番をゲット。キジもよく鳴く。どちらかといえばB区の方に残存緑被が多く、鳥影もそれに比例して多いのだが、A区にはチョウゲンボウが出た。A区はまさに田植えの真っ最中で、作業中の人が多かったので鳥が少なかったのかもしれない。そういえばやつしまニュータウンバス停付近の水田ではカエルが大合唱。いい季節だなあ。帰路はしかし、案の定バスが大渋滞に巻き込まれる。車内に乗り合わせた若い女性たちのお喋りを延々小一時間聞かされる。音声としては聞き取れるが内容がよくわからない。江原書店から先日注文した大津仁昭『異星の友のためのエチュード』が早々に届くのは慶賀なことだが、振替用紙が同封されていないので即メールする。昨日、『法然』と高原英理『ゴシックスピリット』を買ったばかりなので、またもやお部屋が本だらけ、汗。

この世のもの、この世以外のものたちを合わせて包む餃子の皮に

×月×日（イソヒヨドリ）

都を東上するにつれて雨が強まる。バスでまず北野天満宮へ。参詣者多い。前回ここを訪れたとき、何かの催しがあって、門に和服姿の女子高校生が案内役として立っていたことがあった。その時笑顔でお辞儀してくれた子が実に可愛らしくて、これは労いの言葉を掛けないわけには、と思ったが諸般の事情でそれができずあまりに無念である。端午の節句であるからしてもう暑い。汗をかきながら北野白梅町まで歩く。京福で妙心寺へ。まず北門入ってすぐの隣華院へ。海北友雪の絵がある。襖絵の説明をしていた女子学生がシジュウカラの絵を指してホオジロと言った。大法院を初めて拝観。当寺は真田氏との縁が深いとのこと。佐久間象山は真田氏の家臣だったのか。庭園も小ぶりながら好感。最後は桂春院。ポケットパークのような清浄の庭もよいが、そもそも庭全体が美しい。『都林泉名所図会』によれば「林泉的妙境」ということなのだが、まさにその通りだと思う。帷子の辻から太秦に向けて歩き、餃子の珉珉太秦店て昼食。広隆寺へ。国宝桂宮院本堂も拝観することに。さらに例年五月五日に縁日を迎える霊験薬師佛を祭った薬師堂が開いており、幸運なことに帰り際には護摩供養をしている場面まで拝観できた。縁起書きによると相当霊験ありとのこと。天部形の薬師と云々。桂宮院は霊宝殿に行く手前で左折。竹林に囲まれた八角の堂。夢殿っぽい。風が吹くと木々の葉擦れの音しか聞こえず。付近一帯の雰囲気が、季節は異なるけれども小澤盧庵の「太秦の深き林をひびきくる風の音すごきあきのゆふぐれ」を想起させる。太秦天神川から東西線、烏丸線と辿って京都へ。帰路、東京への車中で大津仁昭『改命』を読了する。前作よりも少々理に勝っている感あり。

貝殻の匂いがするよ夜明けまでまだ間があって雨降る街は

×月×日（ノビタキ）

午前中は会議。事務方なので事前事後など運営面で右往左往するのは当然だが、本編の会議がまた強烈だ。ナンバー1とナンバー2が予断と憶測で議論を引っ張り、気がつくと何やら実体が掴めない目標を皆で担ぎ出して気勢を上げている。おまけに怪議長たるS氏の長広舌が予告なく炸裂する。それはきわめて入り組んだ論旨の提案で、席上の何人がS氏のお喋りの趣旨を把握したのだか、想像もつかない。それなのに「とにかくわかったじゃそうゆうことで」みたいなまとめ方が横行するので頭がくらくらする。いやはや、混沌の顔に七つ目の穴が開きそうだなあ。車谷長吉『鹽壺の匙』を読み始める。

船長はなにゆえ骨のない傘を初夏に向かって差そうとするか

×月×日（ジョウビタキ）

朝から厭戦気分が横溢。IQの"Red Dust Shadow"のメロトロン（風味）が脳裏を過って仕事をする気分でない。とはいえ早朝から某施設の今後の運営方法を協議する大がかりなミーティングを行う。頭の中にメロトロンが鳴っているぐらいだから議論の当初から他人事感が漂いっぱなしだったのだが、途中から持ち直して素案というか弥縫策というか、まあそういうものを提示する。あっという間に正午になってしまった。午後は某申請書、先日送ってもうやることとなし、らっきーと思っていたら、相当程度どうでもよさそうな書類の添付漏れが発覚し、慌てる。メロトロンの響きはどこかへ行ってしまった。

読む気すらないのに買った歌集ならタンポポさんに呉れてしまえよ

×月×日（ルリビタキ）

五時間際、変な男から電話。何代も前の係長の名前を出して取次ぎを乞う。そんな人はいないと答えると、では現在の係長を出せと言う。それは当方だがとぼけて、不在の旨を伝える。敵はややぞんざいな口調で何度か現在の係長の名前を聞こうと試みるが、用件を尋ねるとガチャ切り。早口でわざわざ聞き取りにくく告げられた名前を検索すると、やはり逆ギレ系営業で知られたマンション経営投資会社の名が。いつまでも古色蒼然たる名簿で営業しておれ。それにしても、こういう営業方法で企業として存続していくことができる、ということに不思議さを感じる。帰路、五反田のブックファーストへ。『ウェブは馬鹿と暇人のもの』、『回復力』、『地域ブランドと産業振興』を買う。新刊三冊購入は久しぶりだね。折りしも藤井大輔『R25のつくり方』を借りたばかりなので、鞄が新刊だらけになる。澤村斉美『夏鴉』を読了する。角川短歌賞受賞者。「好きなのか?」と問われると、「ま、まあ」と曖昧に返答するしかない。でも例えば、

おほかたの友ら帰りし構内に木の椅子としてわれを置きたし
夕闇の黒い部分に触れながら泣いたんだつた先月の今日
喪主として立つ日のあらむ弟と一つの皿にいちごを分ける
冬の陽の名残を沼に見てゐたりさいごはすつと水に吸はれる
性別の気配を消して接すればぎくしやくと人は離れてゆけり
天体は暁低く空を行くいまは詮なきことにとらはれむ
手を垂れて生木のやうな体にてわれは市バスに運ばれてゆく
よく食べる時期の蚕の色に似て吸殻ぽつりぽつりと歩道に

澤村斉美

など、捨てがたい作品は多い。最後の作品、蚕を飼ったときのことを思い出すと、色はとも

かくとして幼虫の体長が短かったという記憶はない。落ちていた吸殻は長いものばかりだったのだろうか。パーラメントみたいに長くて、ガクっと折れ曲がってしまうような吸殻ばかりだったのだろうか。

昨日から誰にともなく語りかける松の梢が心配ですよ

×月×日（コルリ）

昨日、仕事帰りに五反田のブックファーストで買った堀江敏幸さんの文庫は、『雪沼とその周辺』だと思っていたがカバーを外したら『いつか王子駅で』だった。なんということか。どういう了見で買ったのか。さて、今日は楽しい土曜日なるも花粉の飛散が猛烈なり。それでも懲りずに梅ノ木平へ。昨年の大雨&崖崩れ以来始めての入山。高尾山口駅に着くなり消防車が何台も甲州街道を相模湖方面に走り去る。歩き始めた私たちを追い抜く何台かもあり、黒雲棚引くスタートである。榎ノ窪川を遡ると、老人ホーム周辺の水路で既に川水が涸れて河床が剥き出しになっている。森に入ると直ちに更なる異常さが明らかになる。大雨以前から崩壊寸前だった木橋は架け替えられているものの、水路が土砂で埋まっている。水流は地下に潜っているのだろう。しばらく遡ると以前は水路ではなかったと思われる樹間に浅い水流が出現。穏やかな日差しを浴びたその流れのささやかさは、今でこそ見ていて微笑ましいが、ビジターセンター前に至って土石流の猛烈な爪痕を目の当たりにしてさすがに一驚する。おそらく右手の山から崩れてきた土石流と倒木が電柱を薙ぎ倒し、護岸を抉り取ってあらぬ場所に高々と盛り上げ、散策路は完全に消滅。半年以上前のことだけに「盛り上げ」部分を迂回する応急的なトレイルは設置されているが、獣道よりましな程度。樹木を利用してロープを掛け渡してあるので、手繰って歩く。高低差があるうえに足元の状態も悪く、さすがに気を使って歩く。トレイルと水流の交差地点の有様がとにかく凄まじい。ひん曲げられた電線付の電柱が、土砂の中に抱き込まれて盛り上がっているのを目の当たりにしつつ、そのすぐそばを渡渉するのだ。流れの幅は数十センチ、深くもないので渡るについてそれほど困難ではないが、ひん曲がり電柱の圧迫感がたまらん。ビジターセンターは当然ながら閉鎖中。いつも食事を摂る東屋周辺の散策路は握りこぶし大からそれ以上の大きさの礫がびっしり埋め込まれた状態で、急ごしらえの河床みたいなもの。つまり大雨が石くれを伴って流れ下った跡だ。歩きにくい。先行き危ぶまれるが、これ以降は、散策路の中央部が深々と抉られて歩きにくいとか、時々崩落跡があって道がそのまま崖下に直結していて怖い、という場所があった程度だった。いやそれが困るといえば困るが。毎年おたまじゃくしが溢れるように泳いでいる大きな水溜りは無事で、ひと安心。標高が高くなるに従って影響は小さくなり、三沢峠の様子は以前と変わらない。ひとくちに「自然の猛威」などというけれど、言葉を使って表現しにくい乱雑ぶりだ。帰路は大いに手こずるが、一度通っているので不安はなかった。次に来るときはおそらく再整備されているだろう。『二条院ノ讃岐』を軽〜く読み始める。

今朝割れたままま だ冷えた内面は、ああ木漏れ日を塗ればいいのか

×月×日（ノゴマ）

昼当番だったので京急蒲田のアーケード街に出てメシ。カレー喫茶店のカンダに。手づくりのエビフライカレーを食う。エビの肉が柔らかいが熱くて食うのに時間がかかる。食後、松島書店で杉本苑子『二条院ノ讃岐』、小関智弘『春は鉄までが匂った』を購入。新年度が始まったばかりで職場全体が何やら浮かんでいるような雰囲気。わが身にはさしたる変化がないのだが、周辺は複数の流れが一つになったり、あら尻つぼみになっているよ、なんてのも散見されたりするものだから却って気疲れ。大沢優子さんの『漂ふ椅子』を読み始める。

どれほど手近にマヨネーズがあっても流星の速度は早くできない

×月×日（コマドリ）

少々肌寒い。気の乗らない二月のような暗さ。三浦霊園に墓参の後、小網代へ。当地には珍しく散策者が多い。寒いのにな。鳥は多くない。寒冷な気候のせいか、ウグイスの囀りが例年より少ないようだ。随所で楽しげに転がるせせらぎの音に心がほどかれていく。帰路、三崎口駅頭でツバメのつがいを確認。泉岳寺行きの快速特急がなぜか本日に限り六〇〇系で運行。岩波文庫復刊の『頼山陽詩抄』にチャレンジするも、ジルテックの影響もあるのか、ほとんど読めず。まあ、眠くなくても山陽の詩集はキツイ。なんでこういうの買うのかね。絶句の中に「倦翼」なる見かけない表現があった。帰宅して調べたが漢語林にもない。「けんよく」と読むのかな。

敵味方に分かれて僕は眠るのだレールにそうっと継ぎ目があれば

×月×日（シキチョウ）

東京を出たときは雨。京都では、晴れ間こそあるが突如日が翳ってぱらりと来るなど始終不安定。連日の寝不足が響いて新幹線の車中、スゲねむ。なんとか熱海あたりまでは頑張って笙野頼子『おはよう水晶、おやすみ水晶』を読了するが、その後名古屋まで轟沈。短時間の覚醒を挟んで山科付近まで再び沈没。まず醍醐寺。三宝院に初めて入る。表書院がよかった。長居してしまう。次に随心院へ。折から能面と織物の展示をしており、小野小町周辺の能の作物についいて知識を得る機会になった。面の眼が黄金色ならば化生者、という約束事があるというのを知った。勧修寺を拝観してから東西線で山科へ。念願の毘沙門堂へ。駅から京阪京津線の線路に沿って歩くのだが、人通りなし。電車もなかなかやって来ない。ひとつふたつ、踏切がある。踏切を中心に、私以外はことどとく静止する。あ、毘沙門堂は盗難された仏像が取り戻されていた。何よりのことであるが、依然として手を伸ばせば届くほど仏との距離が近く、心配してしまう。源氏物語の注釈書である『河海抄』、『岷江入楚』が所蔵図書として展示されている。状態はいいようだが、私の能力ではとうてい読むことができないのだった。

猫の手で思わせぶりな一撃をくれてやったよ夜明けの空に

×月×日（ニシユガミシギ）

思い入れがないぶん、高校の同期会というものには出ていなかったのだが、本年度の幹事たちは何を考えたのか、岡山で開催するという。特に親しい数人の仲間も出かけるというし、卒業後二十年を経て、別段仲が悪いわけでもない当時の仲間に会って当たる罰などない、と当の親友たちに申し立てられれば、頑迷な私も出席しない訳にはいかない。仲間たちとの集合の便を考慮して、新横浜から新幹線に乗った。私は東神奈川から横浜線に乗り換えた。もちろん、最近竣工した「東海道汽車線」を一目でもかいま見ようと思ったからである。東神奈川から大きく大口に向けてカーブした横浜線の線路は、この地域特有の、子安湾に臨む崖を切り通しで抜けるのだが、その崖の直下に、東海道汽車線は敷設されている。ほんの一瞬だけ、型式はまったくわからないが、蒸気機関車がどうやら貨車を従えて、川崎方からのんびりと走ってくるのが真下に俯瞰された。朝日を浴びた真っ黒い金属の塊が、どうして汽笛のひとつはおろか、排気の煙も立てていないのか、私には不満でならなかった。私の卒業した高校は、旧制中学校以来の伝統なのかよく知らないが、同期会を午後四時から開催する習いがあり、閉口させられる。日が高いうちから酒など飲めないので、岡山に到着するなり、私は友人たちとわざとはぐれた。市内を特に当てもなく歩いていると、路面に線路が敷かれている。西大寺鉄道だろう。立て込んだ民家の裏に相応の規模の車庫があるようで、車両を動かす音が聞こえる。おまけにもう午後四時になろうというのに、すぐそばで「ポコン」と金属同士のぶつかり合う音が聞こえる。一回打つとしばらく間が置かれ、不意にまた「ポコン」と響く。建設工事現場で場所打ち杭を打ち込む音だ。横断歩道を渡ると車庫。この際ついでに写真でも取ろうと思い、信号がないのをいいことに行き交う車を無視して渡る。車庫の近辺は専用軌道になっていた。複線である。しかし、軌道がゴミと思われるもので埋まっている。鉄道を愛して生きてきた自分にとっては目を疑う光景であり、しゃがんで確かめると、やはり素性の知れないゴミが軌道を埋め尽くしているのだ。空き缶とか、弁当ガラとか、生ごみと称されるものを入れる半透明の袋とか、野球やサッカーなどの応援で使用するのであろう旗だのメガホンだの多種多様だ。わざわざこんな場所にゴミを投棄する理由がわからない。これでは運行上危険だろうと思われた。不審のあまりしばらく凝視していたら、これは「ゴミを捨てた」のではなく「ゴミで埋めた」のではないかと確信するようになってきた。場所打ち杭の音は止んでいた。いや実はずいぶん以前から、そんな音は絶えてしていなかったように思われた。

約束の時間どおりに合歓の木の先端に来て揺るがしている

×月×日（カヤクグリ）

今シーズン最も花粉アレルギーの症状がきつい。ここ数年でもトップレベルの厳しさ。両鼻がガチンコに詰まるのは久しぶり。午後、気合を込めて某病院のモニター作文をやっつける。やるだけやったので樽見博『古本愛』を読み始め、夜には読了してしまう。もうちょっと味わって読まないとな。趣味が仕事となったように思える樽見さんにしても「最初からこうではなく」、「思うようにならずつらい」局面もあったという。そうだよな。なんて思っていたらKさんが作成してくれた、明日までに読まないとならない某事業の報告書に目を通していないことに気づいて大汗。とにかく十ページは読む。このほか似たような内容のペーパーに目を通す。文言の半欠けのさらなる破片程度しか頭に入らない。日曜の夜だからしょーがないね。樽見さん、新書を上梓するについて、やはり深夜にも執筆したらしい。汗まずい。当方は寝ている時間帯だ。

×月×日（ミソサザイ）

帆船以外の何があなたをこの春の無重力へと誘い出すのか

低空飛行の一日。花粉アレルギーの症状出てきたし。まあ仕方がないね。浜岡平一『日本列島』を読了す。

梅雨晴れや鉋を正す槌の音　浜岡平一
今朝からはみんみん蝉も加はりぬ
てらてらと鴉の光る暑さかな
胸中の山河に重ね花火見る
秋澄むや天金の書がびつしりと
冬三日月東京中の燈の上に
寒夕焼しばし眺めて座にもどる

など、もっと上げてもいいぐらいなのだが。朝日新聞の歌壇コーナーに笹井宏之の記事あり。『ひとさらい』早く買わな。

そこにあると思えば実はありそうでない夕暮れの朝焼けだった

×月×日（カワガラス）

山形二日目。また嫌な夢を見る。旅先で。奥羽本線の各駅停車は二三時間に一本なので、朝食後すぐに宿所を出る。そういえば朝食には「かてもの」が供された。すべりひゆ、くきたち（油菜）、かたくり、わらび。茎立ちがうまかった。カタクリはかつて雪谷に住んでいたころ、近所の八百屋で売っていたので面白がって買い、食ったことがある。すべりひゆは食ったことがないし、正体もよく知らない。昨日の猛烈な雪は既に止んでおり、さすがに動きやすいが、相応の積雪の中を赤湯駅まで行軍するのは少々骨が折れた。米沢へ。赤湯よりも風が強い。日も翳ってしまい、風花が舞う。何とか道順を思い出して東光の酒造記念館へ。時節柄、上杉・直江ネタの特別展示が多い。売店に立つ若い地元の娘さんが、お国言葉で一生懸命に受け答えをしてくれるのが可愛くて、スケベ根性を出して純米大吟醸の四号瓶四千二百円を買ってしまった。汗。汗をかきながら上杉神社に。陽が出てきたものの、堀の水面は氷結している。宝物殿と思しい稽照殿に入館。直江の兜にある「愛」の文字は「愛染明王」もしくは「愛宕権現」のご加護を願う意味もあったのね。理解はしたが、愛染さんは煩悩即菩提だしなあ、これとは別に、戦と関係もあるのか。米沢駅に戻り、二階の物産店で米沢織りのブックカバーを買う。千鳥の文様で可愛らしい。さっそくその可愛らしいのを読書中の『百閒日記帖（下）』に装着する。帰路、郡山近辺で猛烈に眠くなるが耐えて、『百閒日記帖（下）』は読了。東京は温暖。一泊旅行の寂しさを募らせつつ、東京駅で山手線に乗り換えた。

東京に春一番が吹くでしょう、お尻の方角から吹くでしょう

×月×日（ヒレンジャク）

午前中から右足の親指に冷えが定着している。あれこれ工夫してみたものの改善しない。痰がひどく絡み厳しい状況だが、某病院から依頼されているモニター作文を一気に片付ける。出だしは苦しむが、具体例を考えついてからいくらか楽になる。テーマが決まっているとはいえ、毎月の作文はやはりきつい。昼から千駄ヶ谷へ。この駅は暗い。周辺も暗い、特に中央・総武線と首都高新宿線が外苑西通りにかぶる辺りから御苑に向けての暗さ。そういう暗さの中を抜けて佐藤美術館で開催中の三瀬夏之介展『冬の夏』へ。細部が楽しい。特に、屏風の大作「奇景」三十四双のうち、最後の方、岩のごとき塊に向かって白く糸を引く銃を撃つ少年の姿。胸を張って体を反らすその姿。このネタで数首いけそう。この少年に限らず、特定のアイテムがさまざまな形に変奏されて随所に出没している。置かれた場所によって、事物や行動の意味が変わるのだろう。五階で少し休んでから御茶の水へ。三省堂、東京堂、再び三省堂に戻る。順に、立岩真也『良い死』、大島史洋『煥火』、今谷明『京極為兼』を購入する。政治家としての為兼を知る楽しみ。恒川光太郎の『草祭』、最初は面白くなかったが、次第によくなってくる。

大の字になって寝ているスプーンは冬の季語です夏の季語かな

×月×日（アカモズ）

五時過ぎ、極めて気色悪い夢を見、興醒めして起床。いやはや寝ていられないよあんな夢。およそ二年振りに彩湖へ。車中は色川武大。貨物列車が予兆となって電車群に轢かれそうになる「雀」が私の好みにもっとも合う。彩湖では凧揚げ大会のごときが開催されていて先行きが危ぶまれたが、局所的な催しで、鳥を見るのに支障はない。カモ類も多く、満足の行く鳥見となった。夜、フループを久々に全編聞く。全曲良いということに改めて気づく。渋沢孝輔『貝殻幻想』、あまり期待していなかったのだが、読んでみて反省する。まずは「蕪村の覚悟」がよかった。「落葉のようにあたりに散乱してしまっている世界のイメージ。だが「腹中の書」に富むおのれを信じることによって、それらの落葉を掻きあつめ、世界を書きなおすこと」。この言葉に触発されて一、二首ものす。喜多昭夫『青霊』読了。

西口に出てゆくりなく東口思ふこころのとどめがたしよ
白菜が白鳥となる夢を見きわが欲情と関はりあらず
ヒヤシンスに野心があると人言へばながながし尾の生ゆる心地す
ダースベーダーが登場する時の音楽が聞えてきさうで困る
早春の空に継ぎ目があることを人に知られてはなりませぬぞよ

喜多昭夫

ひさかたの雲雀は時限爆弾だ発火地点に王国がある

勝独楽のなほ回りゐるしづけさを青空のかなたにイメージせよ

まだほかにもあるがこの辺で。

ありえないキノコ売りますその代わり京都一泊二日、千円。

×月×日（モズ）

曇り。昨夜来、喜多昭夫さんの『青霊』と色川武大『遠景・雀・復活』を同時進行で読む。昼前に大江戸線で門前仲町、深川へ。深川の不動尊参道入口、永代通りに面した商店街の、深川伊勢屋でメシ。もとは甘味処のようである。深川丼のセット。ラーメンがなんとも昔懐かしい味わい。深川不動尊、いまだに正月が続いているような人出。運良く本堂内でお焚きあげが始まろうというところで、三十分ばかり見学する。堂内の護摩壇に火が熾され、勇壮な太鼓や鉦、法螺貝の音響も耳新しく、飽かず眺める。護摩札が火炎に晒される様が面白く、許されるなら自らやってみたい。儀式後、五大明王を拝んだり、館内の展示物を見て回る。ことのついでといってはなんだが富岡八幡宮にも行くものの、物凄い参拝待ちの列につき、諦め、眺めて終り。清澄通りに出て閻魔堂へ。ここもかなり作りこんであるなあ。リアルな描写が酸鼻な地獄絵図もあり。多臂の普賢がいる。新造ながら大孔雀明王があり、じっくり眺める。最後に清澄庭園へ。観覧中に霰が降り出す。初めは遊びの雰囲気だったものが次第にマジに降るから困る。根府川石だの式根島石だの面白く見ていたのに霰が痛い。日ごろやろうと思ってもできるものでもない磯渡りが面白く、それを完遂しようとするものの霰が痛い。ほうほうの体で庭園を出る。庭園前の寺院に村田春海の墓があるとのことで掃苔せんと思うものの、やっぱ霰が。帰路、日本橋のプレッソで京都産のお菓子「桃山」を買う。

ねえ空に意味があるならいつまでに白い接線引いたらいいの

×月×日（ヒヨドリ）

快晴。森林公園へ。池袋で吉例のタカセのパンを購入。「どうなの」と突っ込んでいる割に買ってしまう「マイナスイオン」のパン。能書きはどうあれ甘パン中心にマイナスイオンが使用されているようなのは、俺にマイナスイオンを賞味させようということか。現地はとにかく寒い。一部の沼は氷結している。相変わらず犬同伴の人間多し。久しぶりにトラツグミを見たほか、ルリビタキを雌雄ともにゲット。英国風庭園で見た子は、遠方からわざわざ我々の近くまで飛んできて、さらに一歩踏み込んで近づいてくる。可愛くて仕方ないのだが、人馴れしている可能性もあろう。もともと人を恐れない鳥だとはいえ、ここまで気を許した個体を見るのは初めてかもしれない。往復車中、湯浅誠『反貧困』を読み続ける。「自己責任の過剰」というのは、自ら仕事を進める中にも折々発見する事柄。

冬、ひそひそ話の仕込まれた落ち葉は彼も誰もが持つべし

×月×日（シロガシラ）

土曜日なのに六時に目覚めてしまって誠に遺憾。あちこちを放浪した挙句午後、蒲田の有隣堂に乗り込んでバロウズ『裸のランチ』を購入。おお、新年の初買いがバロウズ。

帰りなよカイゼル、こんなないにひとつ得られぬ日本は箱にしまって

×月×日（ハラワタツバメ）

連れが室生犀星の遺児であったことが判明する。本当かよ、何で今ごろになってそういう大事なことがわかるんだ、と連れを責めたが後の祭りである。連れはもともと手品師であり、年

に三ヶ月ばかりは地方興行をしている。いや、していた。もう最近は本業に手一杯で鳩を出したりトランプを繰ったりしている暇がない。手品好きは連れ本人の嗜好かと今の今まで思っていたが、驚いたことに実は親がかりのものだと言い出す。連れが主張するに犀星は演芸全般に通じていたが、どちらかというと「色物」が好みだったそうだ。そんな馬鹿なと思って思潮社の『室生犀星詩集』を引っ張り出して取り急ぎ「年譜」を確認するが、案の定「手品」だの「演芸」だの「色物」だのといった言葉はどこにもない。「みくに新聞に入社」だの「裁判所の筆耕の仕事」だのという手堅さなのだ。「そんなことは犀星の年譜に書いてない」と連れに詰め寄るが「娘の言うことに偽りはない」の一点張り。普段は見せない連れの強情さに、娘が手品師になるくらいだから、犀星が演芸好きでも別に不都合はないしなあ、と思い始めたところで、連れが二の矢を放ってきた。犀星の演芸好きの動かぬ証拠があるというのだ。それは連れが家宝のごとく隠し持っていた記録映像である。この内容が凄い。犀星は「笑点」にゲスト出演していたのだ。いやはや演芸好きもいいが国民的詩人が「笑点」でもねえだろ、と思いながら件の映像を見る。どうも「笑点」というより吉本新喜劇の舞台のように見える。しかし画面中央上部に「笑点」とずいぶん重々しげな扁額が掛けられている。連れが囁くに、あれを揮毫したのは萩原朔太郎だそうだ。本当かよ、しかし映像が「笑点」なのは間違いなさそうだ。今しも番組前半の演芸が始まるところで、画面下部に「室生犀星」と橘右近だかの文字がスーパーインポーズされると、舞台の向かって右側袖から和装の犀星が飛び出してくる。犀星は両袖口を指先でつまんで引っ張り、首をカクカクと左右に振り、よたよたした足取り、まさに千鳥足という風情でさながら操り人形のように舞台中央に進み出た。その間無言。眼鏡を掛けているのだが、よく見ると、加藤茶が「ちょっとだけよ」をやるときに使う、あの鼻にチョビ髭までついてる眼鏡だ。客席は大喜び。パントマイムでもやるのか、犀星はなかなか口を開かない。「犀星、なかなか喋らないね」と連れに話しかけると、「まだまだ我慢なの」と答えた。結婚以来初めて、真正面から連れの顔を見つめた。別に似てねえな、犀星に、と思った。

石くれと見せかけといてことのほか深夜は百合のにおいをさせる

×月×日（サンショウクイ）

時折雨がぱらつくものの、晴れ間もある。バスで千本上立売に出て大報恩寺へ。バス停から寺に向かう途中、寺之内通になるのだろうか、時代がかった商家風の家並みが続く中、軒先に「チェスタ」の琺瑯看板を掲げた家がある。看板の四周は既に錆びついており、家そのものがしもた屋風なので「ごめんください」と乗り込んで行ってもチェスタにありつけるとは思えないが、とにかく目に留まる。こういう看板は米穀店を通じて商いしていたプラッシーのほかに見た記憶がない。こうなったらミリンダの看板もどこかにないものか。釈迦堂で六観音を見た後、五辻の昆布でいくつか買う。大晦日の午前中だというのにずいぶん混んでいる。店内にオルゴールが流れているのだが、ジャニーズの、何とかという集団の、ナントカという歌であろうと思われた。店の雰囲気に合っているとは思えない。四条京阪に出て建仁寺へ。花見小路は観光客ばっか。肝心の建仁寺は拝観不可。而して圓徳院、高台寺、長楽寺と回る。途中、「東山ラーメン」で昼食。柚子胡椒が底に沈んでいて、スープを飲むとえらく辛い。長楽寺の名水八功徳水を飲んでおけばよかった。相変わらず閉門中の八坂の塔を横目に、最後は知恩院。除夜の準備で全体にせわしない。バスで京都駅に帰ることにした。知恩院前バス停は白川に架かる橋の上にある。待つのが楽しいバス停はここぐらいか。夜、珍しく日本酒を飲む。きつい一年をどうにかやり暮らしたなあ。ホテルの部屋からは夜遅くなっても東山三十六峰の稜線がぼんやりみて取れる。

おれさまの人生設計そのじつはお茄子とあまり変わんないのよ

×月×日（タヒバリ）

四谷へ。東京メトロのフリーペーパー「アーバン・ライフ・メトロ」で紹介されていた曙橋の「パティスリー・ラ・ヴィ・ドゥース」にロールケーキを買いにいく。ところが、クリスマスシーズンのため店内はそれ一色。ロールケーキの気配すらない。焼き菓子を数点購入して辞去。捲土重来を期すほかない。昼は近くのパンジャビーズなんちゃらというカレー店に。久々に大き目のナンを食えて嬉しかった。その後は暗闇坂を登り、愛住町を縦断して四谷三丁目を目指す。このあたり代々木・新宿方面を見晴るかす高台。寺院が多く静かだが学生風の若者がよく歩いている。笹寺を見てから脇道を通って外苑東通に出る。左門町ではお岩稲荷と陽雲寺、須賀町では本性寺、西応寺に参詣。横関英一『江戸の坂東京の坂』に取り上げられている暗闇坂（乞食坂）を実見。本には昭和三十年代後半から四十年代前半と思われる写真が掲載されているので、対比してみる。現在、坂下にはマンションが建っているが、路地の右側に偏っている電信柱や坂自体の傾斜に面影を重ねることはできる。暫く佇んでいたら坂道を永心寺から松巌寺の方に向けて丸々太ったドブネズミが横切った。このあと油揚坂を下って若葉町に入り、旧河道かと思われる谷筋を歩き、愛染院と東福院の間の坂を上がって新宿通りへ。そこから四谷へ出た。学生風の若者と銭湯が多い街、という印象。住んでみたい気もある。掛井広通『孤島』を読了。いやー非常によい。例えば、

人形の首すつと抜け雲の峰
蜜柑食ふ蜜柑の他は考へず
消しゴムの匂ひがふつと夏兆す
原稿の升目ひとつづつも冬
採血に遊ぶ片手や冬はじめ
桃すする心臓に水あつまりて
山を背にしてより秋の深まりぬ
色違ふ錠剤ふたつ雪催ひ
冬深しＯＦＦのテレビに我映り

掛井広通

など。冬の句にいいものが多いと思う。リアルタイムで作品を享受したい俳人さん。

ほらごらん。何かというとそら豆の重心ばかり食っているから

×月×日（ビンズイ）

日曜出勤の振替で一日休み。それに合わせて湯沸かし器の修理。手配した検査員が早く来てくれたのはいいが、機械を一瞥しただけで即座に「交換してください」のひとこと。湯温の調整方法は、水圧をかけて水と炎の接触時間を変動させることにより行っているが、パッキンがオシャカになって大量の水が流れっ放しになっているので、水温が上がらない。自動消火が頻発するのも、経年劣化により管の品質がガタ落ちになっていることによるらしい。湯沸かし器の理屈がわかって祝着至極である。それはそれとして十年以上前の製品ということもあり、修理は勧めないと云々。まあそうだろうな。と思っていたら「これ貼らしてもらいます」と言って検査員は「使用禁止」のシールを湯沸かし器に貼付するのだった。駄目押しをされてもう買うしかないと観念する。観念が済んだので午後からは池袋へ。ジュンク堂。人文書の棚を見るも、いまいち私の本日のテーマに沿わない棚が多くて手に取れない。トリーシャ・ローズを早く買いたいのだが。最終的には色川武大、今日出海の文庫本を購入する。前者は講談社学術文庫の『遠景・雀・復活』。後者は『私の人物案内』、中公文庫の復刊。今日出海は捲ってみると面白そうだったうえ、「限定復刊。すぐになくなる」的な帯の宣伝文句の切迫感に抱き込まれて買ったのだが、やっぱ新刊文庫の千五百円はきついよな、しかもこの薄さ。さらに『鉄道ファン』と『東京の痕跡』もゲット。都合、軽く六千円を越え、これで〇〇堂からの「侘び料」が完全に消滅。帰りの山の手線内で読んでみたら、あろうことか『東京の痕跡』が期待はずれ。知っている情報ばかり。超汗。五反田で途中下車し、内藤酒店でカップ酒を買う。成田市の「不動」と和歌山の「黒牛」。少々本の買い疲れをした状態で坂口安吾を読んだのだが、「記紀モノ」が長くて面倒臭い。未完のエッセイも多く、うんざりして途中で読むのを止める。年表は読む。鶴ヶ谷真一『月光に書を読む』、満を持して読みはじめる。

すぐねむくなりますつりかわゆらゆらとあっちうめのみこっちはきのみ

×月×日（セグロセキレイ）

昨夜谷津干潟を歩いていて不意に覚えた胸の痛み、今日はない。たぶんたいした事はないのだろう。今日は一転本降り。風呂の蛍光灯が点灯しなくなったので、近隣のホームセンターに買いにいく。蛍光灯にスターター、ついでになつかし系の駄菓子などまで無定見にカゴに突っ込んだため会計が千円を越えてびっくり。小銭入れしか持参しなかったのでまじ汗ながら、かき集めて事なきを得る。午後からは雨が小止みになったのを奇貨として板橋区美術館「新人画会展」を見にゆく。二十世紀検証シリーズの第一弾とのことである。松本竣介の「Y市の橋」、

「橋（東京駅裏）」、井上長三郎「トリオ」がやはりいい。ところが、当然のことなのだろうが、「Y市の橋」と「トリオ」図録と現物ではだいぶ違う。現場で見るほうが暗くて、何となく当時の気分まで反映している気配だ。糸園和三郎「犬のいる風景」もいいね。鑑賞中に再び雨が降り出す。図録を買い、ついでなので不動の滝も行ってみる。水量はさておき、昼なお暗い幽邃な雰囲気が保たれている。雨催いだったのも好都合だったかもしれない。大好き。帰路は三田線繋がりで神保町にも立ち寄る。三省堂でタイドカレンダーを購入。東京堂ふくろう書店で『東京の痕跡』を探すがないので諦める。祝日の午後遅く、しかもやや強い雨、客足は少なかった。車中『綺堂随筆　江戸の思い出』を読了。後半は和製怪談の粉本ばらしみたいな感じになっている。引き続き、先日荏原町のリサイクル書店で買った坂口安吾の『堕落論』。文学と写実の関係につき、納得させられるものあり。

突き当たりを右へそこから渚まで一直線よ、トマトのくせに

×月×日（ハクセキレイ）

六時過ぎに目覚め、珍しく二度寝をせず。時間を惜しんですぐに出かける。三条通りは拡幅工事中のため随所で遠回りをさせられつつ、八時三十分過ぎの電車で奈良から法隆寺へ。法隆

寺駅がいつのまにか高架化され、踏切が解消していた。肝心の法隆寺では修学旅行生多数に、折悪しく大講堂で法事が開始されるところ。手元の「略縁起」に当たると、今日は勝鬘会の日であった。大講堂は諦めざるをえず、百済観音など見てから、夢殿・中宮寺コース。夢殿は秘仏の救世観音開帳中につき、二回拝む。中宮寺に至るころには、陽射しが強くなり、とても小春の時期とは思えない。正座して如意輪さんに対していると、外からの涼風が時折入り込み、初夏みたい。昼は法隆寺近くの和食さとで天丼セット。丼の飯が少ない割にカロリーが高いのは揚げ玉で稼いでいるのに違いないと思われた。午後は大和郡山へ。郡山に着いてすぐに狙ったのは古書店。だが、一つ目の店はシャッターが降りている。せっかくなので道なりに外堀緑地を流して散策。遊郭跡の川本邸を目指して辿り着けず。諦めて近鉄郡山に出る。なんとか青雲堂書店を探り当てて入る。万引きに手を焼いているとおぼしく、スゴイ数の貼り紙。塚本邦雄『定本　夕暮の諧調』を購入。ここから、郡山城址へ。まずは柳沢文庫。「関西文化の日」とやらで入場料の徴収を免除される。らっきー。企画展「柳沢氏と江戸」の会期中にてじっくり楽しむ。途中から入場者は俺一人になっていた。しばらく図書室に屯し、蔵書の「国歌大観」を立ち読み。っていうか、重くて立ち読みには向かない。特別展の手引きなど、読んでいて楽しく、また訪れたくなる。最後は奈良市に戻って主眼の興福寺、国宝の特別公開に一目散。特別公開の南円堂へ。やはり四天王、なかんずく多聞天の、多宝塔を高く掲げる力強さに見ほれる。東金堂、国宝館にも入る。阿修羅像、しばらく奈良では見られなくなる。猿沢池を経由して、餅飯殿のフジケイ堂へ。文学・詩歌が豊富、いいですね。塚本邦雄『詩歌變』、買う一歩手前まで行くがやめとく。一日に塚本二冊買うというのもなあ、と思って。本の造作がそもそも大振りだしね。近鉄奈良駅近くの啓林堂で湯浅誠『反貧困』を買う。徒歩で三条通りを西下。ホテルアジールアネックスまで小一時間かかってしまう。まあ、途中で紀文堂なる古書店にふらふら入って延々棚を吟味し、横関英一『江戸の坂東京の坂』なんか買ったりしてたからね。汗。いやようけ歩いた。

いましめを解かれた海が暗く立つ通過電車の連結部位に

×月×日（キセキレイ）

夢をみた。知的障害者の入所施設に十一月一日付けで異動している。障害の程度の軽い人が多く、見る限りは作業所。民家を改造しながら建て増しを繰り返したような施設で、もろもろの建築・消防の基準を無視している気配濃厚。到底公的な施設とは思えないのだが、まあ夢だし。夜には中庭で私のための歓迎花火大会が催された。仕掛け花火まであり、嬉しい。施設は周囲を高層マンションに囲まれていて、やりたい放題に花火を打てるとも思えないのだが、職員も利用者も大はしゃぎでいささか不安になる。歓迎会が果てて、利用者は部屋に戻った。異動初日にいきなり泊まり勤務を言い渡されていたので私は、同僚と別れて宛がわれた宿直室に入った。三畳程度の部屋で、どうしようもなく黴臭い。深夜になり施設は静まり返ったけれど、興奮していた私は却って静けさに耐えられなくなって中庭に出てみた。周囲のマンションは夜遅くなってもなかなか灯りが消えない。それら暖色の灯りを見上げていると、一年も経たずに前の職場を放り出されたことが何やら急に悔しくなって涙が出てきた。いずれ福祉の職場に戻るつもりでいたが今の今はないだろうと思うと、それら暖色の灯りが無闇に羨ましい色合いに思えてきて涙が止らなくなった。このあたりで目を覚ますのだが、床中でも感情が昂ぶっていたようでしばらく眠れず。夢なので異動の事実などないのだが、悔しさのエッセンスみたいなのだけが体の中に残っている。おかしくも珍しいことである。岡井省二『猩々』読了。読めない漢字が散見された。勉強になります。

岡井省二

夜の町に獨活から發つてゆきにけり
三伏の鏡の中の廊下かな
秋風を膠と思ひ歩きをり
慌てゝは寒鯛となりゐたるなり
松歩き吾歩きたり西行忌
楤の芽のひとつぐらゐは佛かな

玄關に出でたる蟇を叱りけり
鶺鳴いて顔と影とが分れけり
苦瓜を炒めるごとく天はあり
川べりにて頼られてゐし遅日かな

といった諸作品に刺激を受けるのであった。引き続き笙野頼子『萌神分魂譜』を読む。ちょっと引用。「国家は個人の内面を空洞あつかいし、その上で鎮魂という内面の問題にまで統一を求めてくる。「より多くの人に届けるために」、「分りやすく」。」

林檎ひとつ。例えば芯が溶けるほど怒っていると言えばいいのか

×月×日（イワツバメ）

近時じっくり眠りきることができない。目覚めが不満。ということで雨戸を開けたら、冷房機から直接出ているぶっといドレーンパイプが外れてだらり垂れ下がっている。いずれ自重で全面的に落ちてくるのが目に見えていたので近所の電気屋さんに泣きついてすぐに直してもらう。これで出かけるのが遅れた。早稲田の青空古本祭。実は大学四年次以来参戦しておらず、優に二十年はインタバルがある。そのころは金があまりなかったうえに守備範囲も狭く、

安めの文庫本をかさこそいじくって終りだった。今はそうはいかない。まずは平野書店の棚から掛井広道句集『孤島』。立ち読みしてみて大変魅かれた。歌集はあまりいいものがない。次に、野口武彦『江戸人の昼と夜』。それから、川添登『東京の原風景』。著者名に見覚えがあり、読んだ記憶がないでもないが、二百円ならと買う。会計時に早稲田古書店街で利用できる割引券をもらったので、さっそく平野書店に立ち寄るが、歌集の棚に動きがなく、ちょっと買いきれず。新宿から京王新線で初台へ。今日の二つ目のお題、オペラシティへ。アートギャラリーはタダと思っていたが、千円徴収さる。しかも、目当ての麻田浩展はメインではなかった。朝日新聞の記事を読む限りでは単独の展示かと思えたのだが、「トレース・エレメンツ」なる、写真で構成されたアート展（インスタレーションを含む）と同時開催の特別展示だった。「トレース」の写真には面白いものもあった。特に志賀江理子。そのほかはあまり琴線に触れず。麻田浩はやはりよかった。特定のシンボルが多用されるが、超現実的作風と細部のリアリズムが入り混じっていて好き。「赤い土の上の出来事76」、「原風景」、「地・洪水のあと」、「源〈原〉樹」、なかんずく「土の上の漂着」。何にせよカタストロフの跡が丹念に書き込まれている。フロアの一角にショーケースがあって、何やらいわくありげな古本が何冊か展示されている。麻田さんの作品のいくつかは、単行本の表紙になっているのだ。石原慎太郎、三島由紀夫なんて大御所に混じって、「野口武彦」なる人物の小説がある。まさか、あの江戸の野口さんなのか…。

ことり。夜な夜な垂直に掘るだけ掘って井戸に水なし

×月×日（コシアカツバメ）

最後の夏休み。どん詰まりに陥ってから半日だけ取得。でも上司に明日の会議のことを報告していたら二時近くに。なんとか振り切って出る。やれやれ。遅い昼を品川駅の常盤軒で食ってから即下北沢へ。しかし事前リサーチが甘く、店がなかなか見つからずうろうろするばかり。幻游書房はすぐ見つかったが、たぶん今は、ここに自分の読みたい本はないだろうと即断して入らず。小田急の線路を渡らなければならないことに気づき、ようやく道は開けるが、渡ってからもしばらくは迷い、ようやくお目当ての白樺書院に辿り着く。思っていたよりも小さい。池谷伊佐夫さんの『東京古書店グラフィティ』で「歌集がよく揃う」と書かれていたので、前から乗り込んでみたかった店。確かに詩歌多し。岡井隆『人生の視える場所』か岡井省二『猩々』かの「岡井二択」になり、ここは読んだことのない岡井省二『猩々』を取る。帰路、今度は下北沢の駅構内で迷う体たらくぶり。でもまあ複雑な構造の駅は、地下駅でなければ、迷うぐらいが却って面白い、と強気。帰宅四時。眠気に苛まれつつも『詩人伊東静雄』を読む。「わがひとに与ふる哀歌」、タイトルでは「哀歌」なのに、本文ではなぜ「讃歌」なのか。と

か、二連でいきなり「あるいは」となるのはなぜか。それがじっくりと読み込まれている。中学生のころの国語の教科書にこの詩が掲載されていて、読み込みの課題として教師から示されたのが、まさに上記の二点であった記憶がある。まさか。先生のネタ本はこれかい。あ、アメリカ下院、金融安定化法案を断ってしまい天下大騒ぎ。

抱いてみて。乗り換え駅に檸檬すら置いてこられぬ今日の自分を

×月×日（リュウキュウツバメ）

昨夜来寒い。新涼というのを通り過ぎている。先日京都・浄瑠璃寺の近くで購入した無骨な新茶を飲んでみる。中国産の緑茶によくあるように、湯を注ぐと派手に葉が開く。味も中国茶的。本を詰め込むための樹脂ケースを買う。ぱんぱんになるまで五十冊入れ、地下車庫に押し込む。四時過ぎ、自宅前の電線にムクドリが五十羽ぐらい集まっている。塒入り前の集合だとは思われるが、長く北馬込に住んでいてムクドリの入塒前集合を初めて見た。この近辺でどこに塒を取るのだろうか。あ、日経で連載されていた野口武彦さんのエッセイ『江戸の風格』が終了してしまった。大ショック。楽しみにしていたのに。

確実にやってくる夜明けしょーがねーな紫色に動揺させろ

×月×日（ヒバリ）

新涼というべき気候か。谷津干潟へ。午前五時に目覚めたぐらいなので、おそらく往路で轟沈するだろうと覚悟していたが、平気だった。おかげさまで小川国男の『青銅時代』を読了できた。主人公の一人相撲、それもカタストロフィーの後のそれが、淡々と書き込まれている感じ。初期の青銅器は神祇や威信誇示のための武具に使われていたというから、非実用的に同じ円の中をぐるぐる回っている保彦くんの姿は青銅的なのかもしれない。谷津では潮が引いていてカモ類がほとんど出払っている有り様。シギ・チドリも目ぼしいものは南に帰ったか影も形もない。人出も閑散たるもの。帰路は爆睡。帰宅後、近隣のチェーン店に米を買いに行ったら、十月いっぱいで閉店の由。建物が古いので壊して宅地にでもするのだろう、店としては復活しないらしい。大井警察署近くの支店を紹介されたけれど、遠すぎる。簡単には行けない。おコメ難民だな。小高根二郎『詩人伊東静雄』を読みはじめる。いやー青春臭い思春期臭い。

首筋に詰ったあまたのイライラを噛んでみたら案外さくらんぼだった

×月×日（ゴシキチョウ）

なかなか起きられない土曜日。いい天気なのに。十一時には両国国技館に到着。序二段の湯澤―寺尾鵬から観戦。正面5列49番。位置的にはもうほとんど西。一時間もすると周囲の席が埋まり始め、少々窮屈に。こんなに早くから席が埋まるのは珍しいのではないか。じっくり観戦せんものと気合は入っていたのだが、あえなく途中眠ってしまう。隆の山がいつの間にやら出世しており、幕下上位十五人の直前まで来ているみたい。今日も大柄の柳川相手にしつこく喰いさがりついに勝つ。昼は琴光喜弁当を食ってみる。折々、先日買った鈴木地蔵の『文士の行蔵』、持ってくればよかったと思う。夜、「エンタの神様」でだいだひかるを初めて見た。奇矯だとは思うが笑えない。これればかりはいかんともしがたいが、無理に笑うようでは演者にとって気の毒。

半径を病んでいるので未明から明けきるまではかりそめ、なのよ

×月×日（コゲラ）

未明まで猛烈な雷雨。京王の高尾山口駅付近で崩れた土砂に乗り上げた電車が脱線と云々。

城南地区でも午前三時から四時にかけて雷鳴・稲光が激しく寝ていられない。近辺に落雷したかと思われた。それだけでなく、天空を前後左右に鳴り渡る雷鳴は、寝床に伸びた状態で聞いていると妙に立体感を伴って四肢に響く。午後から某財団法人の主催する説明会に出席。理事の方がまた大変に高飛車で、なんだか虎ノ門まで叱られに出掛けたようなもの。引き続き飯田橋で所用を弁じるまでの間に時間があったので、いそいそと神保町へ。三省堂でまず『幽霊名画集』を入手。俎橋近くの珈琲館に入ってさっそく幽霊を。まずは円朝コレクションを眺め渡してから高田衛先生の文章を読む。飯田橋には早めに着き、仕事は穏便に済ます。帰りはまたぞろ神保町に立ち寄る。再び三省堂へ。よくやるよ。子安宣邦『近代の超克とは何か』を買う。冨山房の『近代の超克』を買おうと思ったのだが立ち読みしていたら面倒くさくなってやめた。夏の終りの神保町をそぞろ歩きする。深夜から未明にかけて、また雷雨。ぼろい家をびりびりと揺さぶる雷鳴が二時間ばかり続く。

階段を至極ゆっくり明け方の恨みとともに駆け下りてゆく

×月×日（オオアカゲラ）

今日も暑いで。出かけにホテル近くのコンビニで貼り付け型の冷却材を購入。岩倉実相院へ。参拝者は私のみ。床緑を堪能する。寺の方々に補強が施されていて痛々しい。叡山岩倉駅近くにも寺は多いが、拝観を受けているようには見えない。出町柳に戻って、やっぱり午前中は古本ってことで糺の森へ。暑さのあまりチェックし切れなかった最奥部の書店から見る。とはいえ、棚をよく見るとおやおや案外きちんと目を通していたよ。そうこうするうちにもヨドニカ文庫で岡野直次郎『歌壇展望』を入手。人文書院ですな発行元が。戦前の刊行ということもあって時節柄、「国民精神総動員は歌人には内面化されているので、それが作品に出ないような歌人はいない」などといった前のめりな主張があって目を引く。一瞥したまでだが、本物志向が幅を利かせていた感じはある。今もそうかもしれないけれど。本物の定義が確固としてあった（と思しい）当時、偽物を糾弾するのはさぞや胸のすく行為だったのだろうなあ。いやまあ、今でもそうは変らないか。次に三鈴書房で田久保英夫『奢りの春』を。昭和五十三年の発行。私が十二歳の時分は、こういう文庫がシレっと発行されていたのだなあ。会場の中央に団扇を詰め込んだ箱が置いてあり、難なくゲット。これもきっと午前中ならではなのだろう。団扇を使いながら午前中いっぱいは会場を流すが、これ以上は拾えず。塚本の『黄金律』、なかなか諦めきれないが、やっぱやめる。東京で買えそうな気がして。河原町今出川のソバ屋でナス天冷やしソバを食ってから京阪で伏見へ。中書島で降りる。炎天下を長建寺、西岸寺と回って大手筋商店街へ。新刊書店で『大法輪』を購入。うんざりする暑さの中、御香宮神社へ。境内で首筋に冷却材を貼る。この暑い中、湧水を汲みに来ている者が幾人も。夜、扇子を購入してから加茂川の右岸に行く。腰を下ろして思潮社『荒川洋治詩集』を読む。『醜仮廬』のあたり。周囲には男女二人連ればかり。暗くなるまで読む。十九時を回ってから先斗町を歩く。千鳥マークの「通りぬけできます」、以前より減った気がする。歩いて烏丸のホテルに戻る。

ご迷惑をおかけしますがわが国のまほろばみんな食べちゃいました

×月×日（ニセヒメオオアジサシ）

急に先生に呼び出されたので緊張しながら応接室に入ると、既に五六人の先輩方がいくぶん硬い面持ちで、ソファに腰掛けもせず、あるいは腕組みをしたり、あるいは紙モノの資料をせわしなく捲りながら、先生が戻るのを待っていた。先生は戻るなり、「先日の計画の細部を詰めた」と高らかに宣告される。その言葉の意味を理解できた職員は皆無のようで、誰もが顔を見合わせるでもなく、何となく寒々しい冬の朝の濃霧が漂ったように思えた。「察しの悪い連中だな。新しいモノレールの計画だ」といささか疲れた笑顔で先生はおっしゃる。確かに先日の打ち上げの席で、先生はモノレールの話をなさった。区内には既に東京モノレールが走っているが、羽田空港利用者のための移動手段に過ぎず、面白くない。ついては都営地下鉄浅草線の車輌基地がある西馬込を基点に、大森地区を横断、平和島近辺で支線を分岐し、交通の便が悪い湾岸地区への、モノレールによるアクセスルートを作るべきなのだ、とおおよそこういった主張を先生は熱弁されたのだ。「あれは骨子であって、本来ならお前たちが詳細を決めていくのが段取りというものだが、どうせ面白いことなど考え付かんだろう」、先生はソファにふんぞり返ってため息を漏らされる。かつては一本いくらだかのご大層な葉巻を嗜まれたというだけあって、ため息がいちいち大げさだ。どうかするとバナナの臭いの口臭を撒き散らされることもある。「私は大田区を愛している。特に大田区の歴史をだ」。などとやにわにおっしゃるのは、ろくでもないアイデアを思いつかれたのに違いない。「起点は西馬込の谷だ。車輌基地の近くに、ちょっとした森林が残っているだろう、あそこを、そう、あまり手は入れず、さながら幽邃な森の中から、アゲハチョウの幼虫がにじり出すかのように、モダンなスタイルのモノレールが、むろん跨座式のやつが、出発する。駅は樹木で覆え。広葉樹を主体に、落葉するのも少し混ぜて。あと、駅を駅と呼ばせるな。日本語は駄目だ。ありそうもない呼称にしろ。さてそれで、まあ、座れ」。私たちはようやく座ることができたが、私は完全な下っ端なので、座る場所がない。ウキズミ先輩の脇に立ったままだ。「駅は、駅じゃないが、まあここでは便宜的に駅と言うが、旧来の地名を利用しろ。西馬込は、まあそのままでも許せなくはないが、将監谷にしろ。あのあたり、そういう字名だったはずだ。それから、中間駅は、俺が思うに、十ぐらいが妥当だ。梅田、桐里、美奈見、出土橋、子母澤、皿沼、東海道線の線路を作尻付近で越えて、あとは内川沿いに、新田、富士見、松戸。美原で「二区線」、「三区・六区線」、「大井埠頭線」に分岐。いずれも仮称。そして重要なことだが、本線の終点は美原ではなく、海っぺりまで引っ張れ。終点は大森スポーツセンター付近。ただし、駅名は『洲崎見』にしろ。他の駅はさておき、これは絶対だ」。「すさきみ」という発音に、みなが、これはさすがに顔を見合わせた。先輩の中でも筆頭格のワダイさんが、どうにか歯向かう。「先生確認させていただきますが、洲崎とはあの、江東区の洲崎でしょうか」。想定された質問にうんざりとした目線。「そうだ。江東区の洲崎だ」。「わかりました」。ワダイさんの性格上、これ以上は先生に歯向かえない。座の気配が、最年少で口の利き方を知らず、言いたいことを言える立場の俺に口を開かせようとしている。俺はそれに応える。「先生、洲崎洲崎とおっしゃるわけですが、遊郭なら区内にもあるはずです。なぜ洲崎っすか。そもそも、今さらになって、洲崎なんざ魚市場跡から望見できねえってもんですよ。目ん玉おっ広げて見たって、せいぜいがなんすか、東京港野鳥公園の汐入の池に降り立とうってえんでふわふわ浮かんでる、サンカノゴイのケツの穴ぐれえっすよ」。「駄目だ馬鹿者、何がケツの穴だ、ビジネスの場できさまは、はしたない」。と言いながら先生は満更でもなくククと笑いながら、「遠くに洲崎があるという仮想的な安心感」とか「見ようと思えばこそ、洲崎は見えるんだ。東陽町なんて名前でなにが見えるか」とか「遊郭とかそういうのじゃねえんだ」などと笑いながらおっしゃる。右手に幻の葉巻を鷹揚に持ち、部下たちを緊張させたまま、延々と雑談の限りを尽くそうという寛ぎぶりなのだ。

「あの日世界は無傷だった」と言いたげに立っておりますモの鳥居が

×月×日（アカゲラ）

単身京都へ。九時過ぎ、からすまホテルに荷物を預けてから、歩いて因幡堂へ。薬師さんを拝めたもののやや距離がある。高辻通りを歩いて佛光寺へ。近くの大行寺には秀吉絡みの説明板がある。このあと松原不動を目指したものの麩屋町通りに辿り着かず、寺町通りまで行ってしまった。二三、山本善行さんの本にも出てくる古書店を覗きつつ（まだ営業時間外なので外から）、河原町に出て、阪急で大宮。大宮から嵐電で広隆寺へ。午後はいよいよ古書店巡りということでまずは一乗寺の萩書房を、と思ったら閉店中。店頭に張り紙があって、大意「下鴨神社の納涼古本祭に注力するために休む。」とある。この時、改めてそういう大イベントがあることに思い至り、（山本さんの本を愛読しているのに不覚だが）しからばと慌てて出町柳に。一時から三時まで、途中蒸し暑さのあまりクラクラしながら、古本を見まくる。会場を歩く人々が使っている配り物の団扇が欲しかったのだが、どこで配っているのか初心者はわからない。うっかりして扇子を持ってこなかったため、往生する。糺の森って、冬は森厳な雰囲気なのに、なんと蒸し暑いことか。冷たいものを飲むだけではだめだ。何かしら買えば呉れるのかもと思って、団扇欲しさのあまり何でもいいから買ってしまえぐらいの自暴自棄に陥りかけるがそこは耐えて、生駒市から出展のキトラ文庫で新潮選書の『詩人　伊東静雄』をまず入手。でも団扇は貰えない。谷崎の『雪後庵夜話』も本としての質感がまず好きで欲しいのだが、造作が大きすぎて、二日後には奈良に行く旅の身には厳しい。断念する。三蜜堂や其中堂のようなかための店はともかく、一応全ての店に目を通す。紫陽、福田屋、ヨドニカ、松宮と捨てがたいが、明日改めて攻め込むこととして、会場を出る。結局団扇は入手できず。暑くてどうにかなりそう。そうは言えども帰り際、蛮勇を奮って三月書房に立ち寄るが、あえなくお盆休み。まあそうだろうよ。我ながらリサーチが足らん。それでも手ぶらでは帰らない。京都市役所近くの尚学堂書店に入って渡辺照宏『不動明王』を五百円でゲット。ホテルの部屋は十二階。位置的にはたぶん、岩倉の山に臨んでいるのだろう。伊藤静雄、不動明王、それぞれ拾い読み。いずれも平易で読みやすい。オリンピックで鈴木桂治君、何やら早々に敗退。

我慢して探すとしたら古すぎて少し明るい燠火かもしれない

×月×日（ヤマゲラ）

昨夜はほとんど空調を使用せず。十時には出て一路こんにゃくえんま（源覚寺）を目指す。春日駅から少々歩く。西片から小石川にかけての町の佇まいが好ましい。こんにゃくえんまは眼疾に利益があるとのことで、私も、いずれ訪れる老眼に備えて蒟蒻を奉納すればよかったか。小さな寺だが、周辺には商店街がある。地図だけではこの様子はわからない。引き続き菊坂に出て樋口一葉の旧居を探す。西側に一段低い道が坂とほぼ並行して走っており、この辺りが非現代的。少々迷い、地図に出ていない鐙坂に出たりしたが、最終的に旧居跡発見。井戸もある。本当に狭い路地の突き当りであり、文京区が積極的に宣伝していないのも頷ける。突き当たりの集合住宅は昭和を通り越してまさに明治の気配を濃厚に漂わせていた。白山通りの「フクラ家」で昼飯。後楽園駅まで歩いて南北線で本駒込へ。まずは目赤不動（南谷寺）。ある程度公開されている。すぐそばの定泉寺を経て吉祥寺へ。この寺が大規模で驚く。境内に茗荷権現社があって、何でも痔疾に著効ありと。もっとも茗荷断ちをしなければならないようなので、私には無理だ。さらに歩いて文京九中近くの名主屋敷跡など見てのち、六義園へ。本駒込周辺って、神楽坂・赤城のあたりに似ている。六義園は亀だらけ。千石あたりに住んでみたい気もしてくる。池田澄子さんの『休むに似たり』読了する。正直なところ、言いたいことがよくのみこめないものが多かった。最後のエッセイが一番よかったと思う。

今、卵の外に出てきた説明のつかない歌がカラザである

×月×日（アオゲラ）

午後は出かけようかと思ったがやめて、一階エアコンのドレーンパイプの付け替えを行う。

一・八メートルのものを買ってきたのだが、危うく長さが足りないところだった。鵜飼信一先生の『現代日本の製造業―変わる生産システムの構図』を大和市の古書店、春風書房に注文する。初めてインターネットの古書検索サイト「日本の古本屋」を使って。実物を見ない不安はありながら、こういう本買いの仕方も面白いな。

猫の目が遥か彼方の燈台を見ている夏の座布団のうえ

×月×日（ヤツガシラ）

蒸し暑い。会議・打ち合わせに費やされた一日である。午前中の会議には初めて参加するのだが、十時から始まって延々十二時四十分まで。この会議は毎回こんな調子なのかよと思うと先々のことが心配。あまりに長くて途中から集中力がぷっつり切れて上の空になってしまい、議論（というかお喋り）の内容がろくすっぽ記憶に残らない。どうやって上に報告すればいいいのか。一部会議参加者の思いつきオンパレードだったと申し上げてそう間違いではないと推測されるのだがそれをそのまま報告したらかえってこっちが叱られる。困ったものだ。午後は部下のそれぞれと予算の件でミーティング。夜は夜でまた壮大なスケールの会議に陪席。しかしまあ、議論の深まりにはいささか欠けるのではないかという懸念が、あくまでも個人的な意見としてはするのであって、何といいますか、時間の「ダム」かな、と、汗。とはいえ、空調が効きすぎて寒かった。

水母発生。それは空から降りてきていつしか寝入る私だったよ

×月×日（カワセミ）

酷暑。赤塚不二夫、ついに逝去。ここ六〜七年は意識のない状態だったと云々。午後、立原道造記念館に行きたかったが諦め、大森へ。臼田坂下の平林書店は完全に閉店ですな。ブックオフに行く。さいかち真さんの評論集があったのでキープしておくが、文庫のコーナーで金井美恵子の『目白日録』を見つけて乗り換える。まあ大森ですから、さいかちさんの評論を買おうてえ奴はそうはいねえってもんです。帰宅後『存在の夏』を読了。引き続き池田澄子『休むに似たり』を読み始める。ついつい『目白日録』もちょっと読む。『存在の夏』、いささか能書きが多い、理屈っぽい。でも、

積乱雲　その絶巓《ぜつてん》にのぼりたるおのがまなこを呼び返しけり
点されしままのトイレの黄の光「忘れられたる時」を照らして
鉄《くろがね》のオブジェのごとき質感となりし梢《こずゑ》に来る全《また》き闇
村木道彦

ゆふぐれはひたひたとくる水なれば鰓《えら》呼吸する父かも知れず

夜の空を啼きつつわたる一羽ゐていかなるひと日この鳥はもつ

目的をもてばけはしき顔となりたれを迎へにゆく救急車

壮年を過ぎて口惜しきことひとつわが裡に〝世の中〟がはびこる

巨《おほ》き掌《て》をかざせるかたち雲湧けり微熱を計り終へたるわれに

来し方も行く末もなく在り経るにはためくらしも夜の鯉幟

紫陽花の含み笑ひのごときもの塀に溢れて　いま回復期

ふりかへるときわが視野に入りきたる櫟《くぬぎ》の新芽かずも知られず

など、好きだ。壮年以降の「男の侘しさ」とか疲れというものがあるのだとしたら、もっとストレートにそれを表現してよかったのではないかと思う。なんとなく、持って回った感がある。待て、持って回るのが持ち味になることもあるか。池田さんの三橋論、方々に書いたらしい追悼文が多い。ぜんぶ読み通すと、言いたいことがわかってくる気がするが…。

脇腹に川のさゆらぐ音のする四十男となりにけるかも

×月×日（ナンヨウショウビン）

未明、どこかで道路工事があったのか、家が微動していて目覚める。自分の体が自分の意思では自由にならず、地震の衝撃で家が崩壊するのに併せて自らも二階の居室から落下していくという悪夢を見ていたのはこの工事が原因か。これしきの工事でこんな夢を見るなんて、いささかセンシティブになりすぎ。さて、新橋へ。汐留シティセンターで穴子天ソバを食う。銀座郵便局に行くついでに件の「銀座の踏切」を見物。旧汐留駅から築地市場方面へ通じるかつての貨物線に踏切が設置されていたとかで、警報機が残されている。場所もあろうに銀座（といっても辺境だが）にある踏切なのでかねてより特別視されていたらしい。路面電車には踏切って存在しないのが普通だしな。黒川紀章による中銀カプセルタワーも初めて目の当たりにする。新橋に戻って京急ストアで似手古サイダーを買う。容器の形態が面白くて好きだ。帰宅すると少々雷の音が聞こえる。百閒の随筆読了。ただちに夜から大田南畝を読む。南畝の父は信心深いひとだったが学はなく、自宅に「書の香り」はなかったと云々。後段、自分の境遇に似ているなと勝手に思い込んだりする。

踏み込みが足りないときは「一抹の不安」と唱えて目をつぶるのよ

×月×日（ヤマセミ）

せっかくの土曜日なので芯からリリースしようと思っていたのに午前五時に目覚める。平日だと、「よしもう一度眠れる」って嬉しく思うのだが土日はメンタリティがちと違ってがっかりくる。それでも二度寝はするが。午後から神保町へ。まずは三省堂へと思ったが、すずらん通りの中山書店が八月二十四日に閉店とのことで、参戦。20％オフの文句に惹かれてサンリオ文庫の『ガープの世界』上下揃を購入。塚本邦雄の大部な歌集をこの際にかっさらって行きたい気になるが、やはり置き場がないからやめる。中山書店は店内中央のアダルト本平積みスペース（甲板に戦闘機を多数並べた空母みたいな感じがしたものだ）およびそこに群がる人らが、一種の壮観ではあった。改めて「空母」以外のスペースを見るに、江戸・東京系統の本が意外に豊富ですね。ま、都内の古書店ならどこでも集めるジャンルだろうけれども。その後は三省堂でミネルヴァ書房の『大田南畝』を購入。ふらふらと店内を流した後、何かもう一冊買いたくて私としては極めて珍しくグランデに入る。吉行淳之介の『懐かしい人々』が平積みだったので手に取り、買おうとしたものの、「日本特価書籍にあるかも、やめとこ」、と邪念を起こしたのが運の尽き。私の前に立ち読みをした奴が棚に戻すのを怠り、全く違う平積み本の上に置いてあった本であったことが判明。しかるべき棚に戻そうとしたのだが、なぜだか本がギッチギチに詰め込んであって全く差し込む余地がない。不意に「買うべき定めか…」と達観しかけるが、毅然たる態度で棚に突っ込んで脱出。申し訳ない。結局、日本特価書籍では何も買えず。長島書店で小川国夫の『青銅時代』を買う。やれやれ。帰路、新潮文庫の『百鬼園随筆』を読む。私はこう見えて常識人と推測される。百閒の借金ぶりを見て腹立たしく思うのだから。

古書店で買いたい本の筆頭は『水素記』なれど誰も持ってない

×月×日（アマツバメ）

昼は大井町の自然食品系のあっさりした店に。うまいけれどカロリーが足らない。東京駅から歩き、まず三の丸尚蔵館でパリ博覧会の展示をちらと見る。その後国立近代美術館へ。カルロ・ザウリ展。造形オンリーの展示会なんて行くのいつ以来か。見るもの見るもの、「太初」とか「始原」という言葉、その混沌とした動きが想起される。七十五年の「白い形態」。天辺にヘリポートみたいな場所がある。ほかによかったのは「歪められたシリーズ」。七十年代までの「歪められた壷」と八十七年の「歪められた欲望」の違い。八十七年のものは壷が崩れている。壷の口が開いていない。それなのに総じて球体の歪みや割れに外部の光が入り込み、微妙な明るみが宿る。その後工芸館にも行く。若い人の工芸品がよかった。敢えてやっているのは間違いなかろうが、少々馬鹿馬鹿しいものもある。馬鹿馬鹿しいもの好きな私が馬鹿馬鹿しいと感じるのだから、かなり馬鹿馬鹿しいのだと思う。竹橋から九段下—神保町へ。東京堂で村木道彦『存在の夏』を購入。高田馬場に四時着。喫茶店で『切れた鎖』を読了。やや不満。もう一回読み直すかな。大学時代の同人誌仲間と再会の宴を張る。f氏が四十分遅れ。t氏、ヘビメ系のいでたち。f氏は、人的リソースが希少な職種の特性ゆえ、すぐには辞めさせてもらえないらしい。まあそうだろうな。独立してビジネスが成立するのかを聞いてみると、東京ではともかく、地元では需要が見込めるらしい。さすがに怠りない。f氏とt氏は「エリクソンの受容」のことなどで意見の一致を見ていた。当方には言葉を聞き取るのが精一杯で、内容はさっぱりわからない。この二人、卒業後二十年ばかりして、案外仕事の方向性が合致していたのね。帰路、村木道彦歌集、さっそく繙く。

せっかちに抱けば抱くほど橋桁は薄桃色に染まってゆくよ

×月×日（ヒメアマツバメ）

連れが出かけたのでひとり、モーアシビの原稿書き。十一時過ぎ、急に体が揺れるものだからいやはや眩暈かよ、と思ったら地震だった。午後から猛暑の中、武蔵新田へ。来週の仕事の下見をしつつ、駅前の古書店、つぼ書店へ。大庭みな子『舞へ舞へ蝸牛』を二百円で入手。下見後は調子こいて田園調布に直行、田園りぶらりあで『阿部完市句集』を五百円で。駅前商店街の信濃屋でワイン二本購入。けっこういい店。わが家からのアクセスがよければなあ、と思う。山本善行『関西赤貧古本道』読了する。いろいろ読書してきたつもりだが、自分がまだまだいわば「なんちゃって読書家」だったのだと痛感された。田中慎弥『切れた鎖』を読み始める。主人公たちは狭い世間の中で生きることを強いられている。行文が不安定というか、わざわざ読みにくくしてあるようなのは、「強いられてある生き方」を暗示するものなのだろうか。先日買った小バエとりグッズ、さっぱり効果なし。がっかり。ハエにも匂いの好みというものはあるのかもしれないが、目の前を舞っているのにこうも捕獲できないというのは遊ばれているみたいで癪だ。エーデルピルスうまい。でもこんなに上品な苦味だったか、汗。

あしたまた、日は昇るだろうおむすびの海苔をまとわぬあの一点に

×月×日（マヨナカスズメ）

異動をしたものだから、旧職場に挨拶に行かねばならないのだが、忙しくて機会を得られなかった。このたび、漸く午後遅くになって時間が取れた。行ってみると、異動間もないのに庁舎の様子が変わっている。変っているというか建て替えられたみたいだ。庁舎はシンプルな円筒状で、中庭が設けられている。外壁がいささかくすんだ白で、半分方使ったトイレットペー

パーが立っているような風情。各階ごとに、中庭を見下ろす休憩所があり、来客者が屯ろしている。階段の蹴上げが低く、踏み面がやたらに広いのは、高齢者に配慮したものなのだろう。エレベーターを使用せずに、屋上まで行こうと思った。途中五階と六階の間の踊り場でSくんに会った。同期とはいえ暫く顔を合わせていなかったためだろうか、挨拶しても何やら水臭い雰囲気で、まともに応じる気配もなく通り過ぎてしまう。釈然としない。踊り場もずい分余裕のある造作で、どうかすると窓口のようなものが設置されている。まあ長机二つ程度なのだが、職員が二三名、手元の資料をいじくっており、あるいは窓口ではなく、独立した係なのかもしれない。何かと組織改正や新組織の立ち上げが多いところだから、通常の執務スペースから追い出されてしまったのだろうか。最上階は展望台になっている。しかし、現在は都合あって外に出られない。詳しくは知らないのだが、この雪谷庁舎の屋上から田園調布の丘陵地まで、片道五分ほどで結ぶロープウェイがかつて運行されていた。今は休止だか廃止だか知らないが、とにかく動いていない。大掛かりな施設なので、止めるといっても容易に設備をぶっ壊すわけにもいかず放置されているのだと漏れ聞いたことがある。踊り場のガラス越しに屋上を望見すると、ゴンドラが格納されていると思われる「駅」もある。駅は入口のガラス戸を閉じているだけなのだが、いくら息を詰めて見つめても、ゴンドラの姿は見えない。季節柄いささか霞が掛かっているが、田園調布の丘陵も見える。丘陵は多摩川に向ってなだらかに傾斜している。裾は近世に植樹された広葉樹が茂っているけれど、山頂付近は松の疎林だ。そんなに標高があるとも思えないけれど、這松なのだろうか。鳥が絶え間なく飛び回っており、羽根の配色パターンを見ているとどうもホシガラスのように思われるが、あるいは外国産の移入鳥なのかもしれない。仕事で訪れたついでと思しい、やや緊張の弛んだ表情の若い男性が、営業マン的な気安い口調で「惜しいですね。こんなに霞んでいるのに。もう動かないのでしょうか」と駅の方を顎で示しながら、私に言った。

なんとなく殺されかけていたけれど電信柱になって助かる

×月×日（フクロウ）

東京国立博物館へ。「通常展」と「東洋館」。若冲は避ける。今日の東京は大変湿度が高く、上野もご多分に漏れず熱中症を誘発しかねない暑さでやになるが、館内は平安。六波羅蜜寺の寺宝が展示されている。空也上人像はないが、例の伝平清盛像、運慶・快慶親子像などあり。東洋館はエジプト・イラン・アフガニスタンから朝鮮半島と広範囲。展示物も多岐にわたりさすがに足がだるくなり見つくせない。昼は上野アトレの妻家房、といったかな、朝鮮料理を食う。冷麺を頼んだのだが、調理鋏を使って目の前でジョキジョキと断つのが面白い。帰路、前から一度入ってみたかった上野の明正堂書店へ。こじんまり。『東京人』を購入。先日仕事で取材を受けたライターが寄稿していたので。山手線に乗っていたら新橋で突如大雨が降りだし、しかも落雷。ごく近くに落ちた気配すらある。大慌てで帰るも間に合わず洗濯物が濡れてしまった。『飛鳥』読了。河野多恵子『臍の緒は妙薬』を読みはじめる。雨は夜にはやんだので、シソに巣食う蛾の幼虫をことごとく摘み取って駆除す。摘もうとすると身を固くして「いないフリ」をするらしいのが小面憎い。さすがに白鳥さんもこういうものは食うまい。憎らしくてすぐサンダルで踏み潰してしまうので、「とっておけ」といわれても困るのだが。キキョウの蕾、現時点で総数百以上あり。そういえばキキョウには虫がついたということがないな。

偶数と奇数が羽をもてあまし水面すれすれ飛び始めたよ

×月×日（アオバズク）

ここのところ校正仕事が多くて眼が疲れる。しかもよその団体様が「今日中に」とか「明日までに」とかいうスケジューリングをぶらさげて押し付けてくるもんだから困る。キアコンでやりきるにも限度がある。というわけで夜は三田のセレーナで食事。普段使いのイタリアンとして、これからも利用しそう。三田は、東京タワーがこんなに存在感をもっている町だったんだ。あと、通りがかりの商店街で三祢井書店を発見。「ここがか」という感じの控えめな存在感。よくある「まちの本屋さん」に見えるのだが。三祢井書店が『風雅和歌集』を刊行してくれたから現在の私の短歌があるというのは一面の真実であり、感謝している。そうそう、オアゾの丸善で山本善行『関西赤貧古本道』を、八重洲ブックセンターで『荒川洋治詩集』を買う。

わたくしの人生設計なるものはお茄子のそれとほぼおなじです

×月×日（トラフズク）

出張先の企業で、先方のお偉方に厳しく叱責される。私のではなく、連れのご発言にカチンと来て、火消しもむなしく一緒に炎上。あらかじめ想像されていた発言、なおかつ想定していた叱責であったので、平身低頭一本槍で乗り切る。言わないほうがいいと釘を刺しておいたのに。やれやれでございます。やれやれついでに、帰り、蒲田のブックオフで山中智恵子句集『玉すだれ』を購入。結構美本。この店で初めて本を買えた。

飛び跳ねてやがて鱗が剥げてくる刹那が好きよ仕事帰りの

×月×日（ホトトギス）

大磯へ。まずは前回立ち寄りすらしなかった。鴫立庵へ。西行との関連は後世の好事家による付会であるらしい。一人や二人は、「史実と違う」などと大磯町に苦情を申し立てているのではないだろうか。出入口の雰囲気はいいが、そこはかとなく下水臭も漂い、いささか等々力渓谷を想起させる。もっとも中は狭いとはいえ、むしろ狭いからこその落ち着きがあって好感。水音っていいね。水質に目をつぶれば風雅の種。照ヶ崎海岸は初夏ということもあって人出多し。BBQ人口増殖中。釣り人も多し。かような喧騒の中、アオバトはしっかり観察す。大磯から大船に戻り、湘南モノレールで江ノ島へ。沿線の家々、敷地に余裕ありげ。江ノ島では境川の河口付近まで行って引き返し、常立寺、本蓮寺、密蔵寺に行く。車中、中野三敏『江戸文化評判記』を読み耽る。

手直しをしようにもふと瞬いてもう灯らない蛍のようで

×月×日（ツツドリ）

日曜日なのに早々起床。近時、平日より一時間足らず余分に寝てれば充分な感じになってきた。便利がいいといえばいいが。午後から西荻窪へ。一目散に音羽館を目指す。外の均一台で吉行淳之介『目玉』を入手。百円。平成五年刊行。当時は小説に見向きもしていなかった時代。高校から大学にかけてずい分熱心に読んだはずの吉行もこの頃は忘却の彼方だった。こんな文庫本が出ていたことすら知らなかった。仔細に見ると読まれた形跡がない。どういう来歴を持つ一冊なのか。意外なことに店内のものにはあまり触手が動かない。山本善行さんがよく取り上げる上林暁、木山捷平、尾崎一雄らのタイトルが豊富に並んでいる。私自身、これら作家を読みたい気持ちが出始めているいわば「前夜」的な状態。まずは文芸文庫あたりで鍛錬してから、単行本に向おうと思う。ということで『彷書月刊』〇七年八月号「特集　魂は冥途にありながら　日本の幽霊」を入手。高田衛先生もなにやら面白そうなものを書いているし買わないと。この後荻窪のささま書店に行く。戦果なし。前回ふらっと立ち寄ったときには存在した小林信彦のオヨヨ大統領シリーズ、悉く消滅。かなり揃っていたのになあ。小学生高学年から中学一年生ぐらいにかけて、喜んで読んだ。意を決して実家を捜索すれば、カバーなしの状態で出てくるはず。捨ててないし、売ってない。が、相当読み古したので、呆れた親が捨てている可能性はゼロではない。さらにスコブル社を探して商店街をうろうろしたが、ある刹那気づく。「あ、スコブル社は西荻窪だっ」。ということで新宿から中央線で東京へ。御茶ノ水渓谷付近を通過中、連れからメール。「秋葉原で未曾有の通り魔事件出来」とのこと。その通り魔が秋葉原から東京方面へ向っていたらやだな、とその時不安に思った。丸善でテキトーな名刺入れと消しゴムで消せるという触れ込みの蛍光ペンを購入する。おお丸善に乗り込んで本を買わない私。入江公康『眠られぬ労働者たち』難渋するかと思ったが、淡々と読めている。

天井は夢から覚めた時にしも暗い二十歳の色をしていた

×月×日（ハヤブサ）

朝方、山本善行『古本泣き笑い日記』を読了。この手の本が性に合うのだろう、読んでいて肩が凝らず楽しい。夏日。小関智弘先生の『町工場技術報告』を読みながら高尾へ。人出はやはり多い。ここ数日来の雨のせいか、道は泥濘。しかしホトトギスが方々で囀り、初夏を満喫した。帰路、初めて城山湖を眼下に四辻へ向う道を選択する。中途で草戸峠を通る。以前案内橋の辺りから何やら打ち捨てられた気配の山道を登った記憶があるが、その沢沿いの道は圏央道の取り付け道路だか何だかの工事で通行止めにされてしまった。高尾方面に行くのだが高低差がきつく、大汗をかく。往来する人も決して少ないのが意外。しかし高尾山口駅側のスタート地点は民家の脇の、ちょっと待って本当にここでいいんですカー的な人一人通ればいっぱいの砂利道。初めての人は不安になるであろう。京王のダイヤが変り、新宿―高尾山口間直通の優等列車が消滅。北野で往復とも乗り換える羽目に。こういうのやなの。『町工場技術報告』を車中で読了。必ずしも大田区内の工場に限った話ではない。「かわりばんこ」の語源とか、「川口市は鋳物の町であってセラミックの町ではない」とか、「めっき」がそもそもの初めは「滅金」だったとか、知ってびっくりわが身の不勉強。やーね。

ナッツ類。そこはかとなく立ち寄って未明の岸に置き去りにした

×月×日（カッコウ）

東北出張二日目。暦が一月が逆戻りしたような寒さ。案外にもスッと眠りに落ち、訳なく目

覚める。同行の番長・Sさんと揃ってブッフェスタイルのホテル朝めし。味噌汁にワカメが自由に入れられるのをいいことに思うさまにぶちこんだら膨張してすごい有り様に。カリフラワーみたいになってしまった。黒いからカリフラワーではないな…。同行者はみな疲れきった顔をしておる。当方は平気。ワカメ喰ったせいか。まずY社の工場見学。容器を射出成形で拵えるところから内容物を詰めてパッケージングまで済ませ、すぐ出荷できるようパレットに載せるところまでがひとつのラインになっていて壮大。二社目は精米機等の製作メーカー。プレスや溶接まで自社でやっていて、そういう現場を見ているととても完成品メーカーとは思えない。その後流れ解散。正午過ぎのやまびこで帰京する。八重洲ブックセンターで筆野頼子『ろりりべしんでけ録』、捜し求めていた『ストレスフリーの仕事術』など買う。リービ英雄、読了。

改札を出ると四隅に角が出て我慢できないわたくしとなる

×月×日（カノコバト）

午後から日暮里のよみせ通りへ。情報によれば一箱古本市をやっているのだが、時間が悪いか、そもそも根本的によみせ通りの位置を誤解してあらぬ場所を彷徨いているのか、あまりお店がない。仕方なく千駄木から千代田線で新御茶ノ水へ。東京堂でまず歌集のチェック。江田浩司、中村幸二の北冬社コンビに手を伸ばすものの、ああ、今日はいいか、などと急激に萎える。なんなのか。長島書店で染谷孝哉『大田文学地図』を入手。日本特価書籍では冷やかしに終始したが、三省堂に戻って講談社文芸文庫のリービ英雄『星条旗の聞こえない部屋』と笙野頼子『絶叫師タコグルメと百人の「普通の」男』を購入。表参道に出てI・Sでシャツを受け取り、やはりというか、我慢できずに青山ブックセンターに。入江公康『眠られぬ労働者たち』を購入。寺山の『月蝕書簡』、あまり引っかかる場所もなく読み終えてしまったので、買ったばかりの笙野さんを読みはじめる。桜狩の校正に出席。主宰から、理由はよくわからないが「短歌現代五月号」をいただく。それにしても今日は新刊、古本、贈呈本に定期刊行物と入手しまくって、さしずめ出版物のサイクルヒットか、鞄がぱんぱんに膨れ上がって、汗だ。

入り組んで朱鷺をかくまう市街地のあまたありますす東京なんで

×月×日（アオバト）

強風。午前三時に仕事の夢で目覚める。悪夢ではないが、靄のかかった裏道のような夢。お昼前に出て五反田のアトレで讃岐うどんの店に入る。季節限定の「宇和島丼」を食う。渋谷から表参道まで歩く。途中、宮益坂上にあった「秤屋」（屋号ではなく、古式ゆかしい計量機を売る店）がついに消滅。十年ばかり開いているのを見たことがなかったが、鯨尺とか曲尺などの在庫がまだ積んであったんじゃないだろうか。表参道ヒルズのI・Sで紫のストライプの入ったピンホールドレスシャツを買うこととしたが、取り寄せになった。男性向け商品は店の奥にあって、しかもそれほど多くはない。でも以前より入店しやすくなった気がする。酒井直樹『日本／映像／米国─共感の共同体と帝国的国民主義』を読むが、やはり難しい。気を抜いて読むとたちまち行き迷う。靄がかかる。

前へ倣え。しかし効き目が落ちてきた夜明けはおれをにらみつけてる

×月×日（キジバト）

天誠書林、三月三十日を以って閉店さる！　晴天の霹靂。正月に乗り込んだ際に何となく嫌な予感はしていたが。もっともっと歌集買っておけばよかった。それ以前に、あの古書肆然とした雰囲気にもっと浸っていたかった！　とはいえそこをぐっと堪えて、あの夢見るような本の集積、いや堆積を数回でも味わっただけ冥加としておくしかないのだろう。そうそう、獲得したものとして楽しく思い出すのだ。それにしても、主人、体調が思わしくないのだろうか。

大田区内から夢のような古書店がひとつ欠けたのは形容のしようもない損失だが。『笙野頼子初期作品集　極楽』を読み続けていたら久々に短歌がいくつかできる。何が創作意欲の撃鉄を引くかわからない。

底意地の悪い木立も何処にかあると信じてするの背伸びを

×月×日（ベニバト）

花粉飛散量多し。よく眠れない。阿部和重『グランド・フィナーレ』読了する。表題作はピンチョンの『競売ナンバー49の叫び』に似ている。御託めかした地の文になじめない。会話との落差がむやみと大きくてその差を埋めることができなかった。一昨日は中原昌也『あらゆる場所に花束が…』を読んだばかりなので、次は岩波新書の『創氏改名』でも読むか。『あらゆる場所に花束が』も変な小説だった。小説として成立しないように努力していると言うか、エピソードを統合する意思を欠如させているというか。暴力シーンのパッチワークを上位でまとめるのではなく、横に繋げていくとでも表現したらいいのか。何とか鎌倉に出かける。北鎌倉で下車。どうしたことか大混雑の円覚寺に一驚す。法堂が公開されている。黄梅院も人出が多く、勝手が違う。のんびりできないのが不満だ。しかし、通常なら拝観謝絶の長寿寺が特別公開されている。尊氏没後六百五十年とのことで、記念によるか。基氏が尊氏の菩提を弔うために建立したとのこと。庭がいい寺なのだね。午後は光明寺へ。いつもとは違う、昔は繁華街だったと思しい道で行く。材木座海岸で波の匂いを嗅ぐ。帰路、くたびれて座席に掛けるなり三倍速で爆睡。

駅前でぼくは新たな嘘をつく海で生まれたわけもないのに

×月×日（シラコバト）

花粉アレルギー症勃発。少々だるい。帰路、新装なった近隣のかかりつけ医になんとか飛び込む。改築前は昭和テイストのレトロスペクティブな、それはそれで居心地のいい医院だったのだが、もちろん平成風になっちゃった。もっとも威圧的な雰囲気はない。新しい医療機関はおおむねどこも控え目な、温和な雰囲気だね。アレジオンはもはや旧世代の薬だとのことで、ジルテックを処方される。でも私には効くのだけれどなあ。引き続き院内処方なのが微妙に楽しい。夜、『親指Pの修行時代』を読了。作者自身が書いているように、形式的にはビルドゥングス・ロマン。コロコロ展開が変ると思ったら、教養小説的な「真理・真実の提示」を回避するための戦略。ゲイ（という括り方は妥当ではないかもしれないが暫定的に）の政美の言葉が記憶に残る。「幸せだった出来事を、なくした物として惜しんじゃだめよ。獲得したものとして楽しく思い出さなきゃ。」

室内に光る星座の端っこよ俺のくしゃみの飛沫が掛かる

×月×日（カワラバト）

座布団を折りたたんだだけの間に合わせ枕の具合が大変よろしい。近来経験したことのない目覚めの健やかさである。ありですかねこういうこと。ブリジストン美術館の『コレクションの新地平、二十世紀の息吹』見に行く。カンディンスキーやクレー、レジェよりもザオ・ウーキーの絵が好き。「07・06・85」が特にいい。外洋の大きな潮流に引き込んでいくようなブルー、寒い力感。一方で「10・06・75」や「風景　2004」などは里の人懐かしさみたいな暖色を使う。色使いの幅が広いな、と思う。惜しむらくはこのタイトル。ザオさん、数字好き？　タイトルでもう一段迷わせて欲しいのに。ないものねだりか。堂本尚郎の『二次元的なアンザンブル』も好き。色だけで爆発感、炸裂感を与えてくれる作品。赤の炸裂しているポイントをじっと見続けてしまうのだった。他に白髪一雄の作品もあった。先日ＮＨＫの何とかという番組でも取り上げられていたなあ。描法の奇抜さが話題の中心に来てしまう気はするが、こういう技法が無から生まれるはずがない。作者が表現したいキモと、そのための技法が合致して定着していくのは、一瞬のうちに決まるのではなく、意識するしないの別はあろうが、周到な準備行為があってのことだと思う。図録はもちろん買う。昼は京橋の南インド料理の店、ダバ・インディアに。外見と異なり、内部は広い。客がひっきりなしに入ってくる。ナンが小さい。インド米が普段見かけるものと違う。カレーも酸味が強くて、全般に個性的だった。野間宏『暗い絵』を読む。あまり面白いとは思わない。戦前の、生き急ぐ京大生の焦り、その切っ先みたいなもんがあるのだとすれば、まあちょっとちくっとするかな。首都高速の車の量が少なくなった。犬にインタビューでもしたいね。

四つドアのうちいくつかは渚漕ぐ海女の手元であやうく開く

×月×日（シロアジサシ）

未明から雪。起床時には既に積雪あり。覚悟していたこととて、寒いといってもそれほどのことは思わない。何となく気になって蒲田駅西口の「カマクラ展」を撮りに行く。往路、早くも路面の雪がぐちょぐちょで歩きにくく、腰に響く。蒲田に着く頃には横ざまに吹き付けてくるような荒れた降り方になっており、カマクラを覗く人も稀。カマクラと人、とりわけ親子を合わせ撮るのは難儀だった。テキトーに撮り散らかして、アーケード街に避難。鈴木ベーカリーで昼パン買う。ついでに南天堂で野間宏『暗い絵』を買う。なぜか五百十四円という中途半端な値付けがされている。この他、塙書房の陰陽道関連の本を見つける（タイトル失念）。日大図書館の廃棄本。誰も読まなかったのかな。そういえば以前、菅茶山の詩を読む必要があって近隣の図書館に架蔵されていた『新日本古典文学大系66　菅茶山・頼山陽詩集』を紐解いたことがあったが、おそらく私が最初の読者だ。開かれた形跡がないばかりかあるいは書架から下ろされた経験すらこの本にはないのでは、と推察された。ま、そういう本があるだけでも図書館はありがたいのだけれども。陰陽道は、もう少し安ければ買っていた。夜はモーアシビの原稿入力に勤しむ。中村桃子『〈性〉と日本語』読み終わる。セジウィックの成果が紹介されている。セジウィックは二冊も読んだのに、内容はほぼ忘却。家のまん前に救急車が止まる。赤色灯が横目に沁みこんで落ち着かない。雪は小止みになった。

万物よ東京は雪、東京は生成途上の雪がふりくる

×月×日（コアジサシ）

寒い。寒気が列島を縦横にくるんでいる感あり。久しぶりに東京港野鳥公園へ。大森駅で昼

メシ用のパンを買うが、お上品なお店だったのでパンのなりが小さく、足らないことが想像されたので、公園の自販機でクリームパンを追加購入。実は自販機パンを前から買いたかったのでもあるが。しかし出てきたパンは寒さでぺちゃんこ。先日軽井沢の小瀬林道で食ったチョコレートパンもいささか氷結ぎみだったし、凍りパン連発である。ここしばらくの傾向のとおり鳥の数は少ない。帰り、流通センターまで歩いてモノレールを使って羽田の実家へ。ここしばらく、羽田が年を追うごとに寂れていくような気がしてならない。商店街に住宅が建ち混じってきているのが原因のひとつには違いないが、商売が成り立たないということならそれも止むをえないか。いや待て、休日に出歩くからそう感じるのかもしれない。平日に乗り込んでみようと思う。帰り、京急蒲田で下車して古書店巡り。明石堂では見るべきものなし。金春の先にある松島書店ではしかし、アダルトとコミックの巣窟の中から松浦理恵子『親指Pの修行時代』上下揃いを見つけて購入。夜、引き続き『フーコーコレクション5』を読む。吉本の長広舌に付き合っているところ。

×月×日（アジサシ）

明日からは仕事なのですネーブルのやわき表面に爪を立てれば

ジャーマン通りの「かもす」まで焼酎を買いに行く。そのついでに、まあ正月だし開いていないだろうと思いつつ山王の天誠書林に寄ったら営業中。客は私ひとり。あろうことか白瀧まゆみ『自然体流行』がある。迷わず入手。加藤克己『エスプリの花』もあったが値付けされておらず、財布もやや汗なので見送る。往々にしてこういう判断が後で尾を引くのではないかと後悔を先に立てながら…。他にも歌書山積み。短歌が置いてある、しかも渋いところが置いてある古書店、いいですね。

越前の広さを思う言うだけで実はやらない奴を見ていて

×月×日（クロハラアジサシ）

午前五時起き。羽田へ。到着が早すぎたのでのんびり故郷の町を歩いていくか、などと暢気にも時間を読み誤って穴守稲荷で下車してしまうが、電車が走り去ってから東方の空を見はるかすと、はや明るんでいる。慌てるが待つほかなく、一本後の電車に飛び乗って天空橋へ。既に明るくなり始めていたが日の出までにはまだ時間があるはず、とはいえ気もそぞろに羽田六丁目の海っぺりを急ぐ。五十間鼻に辿り着くと、既に一人二人、羽田空港を燃え立たせようかという冬の日の出の写真を撮りに来たマニアの方が。水面ではおそらくはコガモか、のんびりと動き出している。堤防に腰を下ろして、東京湾の遥か遠方、明るみ始めている地点をうまく収めることができそうなポジションを探る。ディーゼルエンジンの音を立てて、船が夜明けていく東京湾に向けて進んでゆく。こういうのを古語で「朝開き」というらしい。岩波の古語辞典に載っていたのを偶然引き当てたので知っている。まさか現物を目にするとは思わなかった。漁師町である羽田に二十六年も住んでいたのに、こういう肝心なものを見ていなかったわけだ。飛行機も何機か離陸しているようなのだか、高度が高く、画面に納めても芥子粒ほど。夜明けを待っていると興味深そうにゴールデンレトリーバーが近づいてきた。意味が通じるとは思わなかったが「おはよう」と声をかけると喜んだみたいで一段と近づいて私の顔を舐める。大型犬なので、いかにも「舐められたなあ」という感覚。飼い主が慌てて謝る。日の出を相当数撮影する。寒さを感じることがなかった。日が出きってしまったので五十間鼻を離れて、羽田の中心部へ向う。実家には寄らず、羽田神社の富士塚や自性院の牛頭天王堂などを撮り、大鳥居から京急に乗る。車中、棚木恒寿歌集『天の腕』を読了。いいと思う。でも少々期待し過ぎていたのかもしれない。美川圭『院政』を引き続き読み始める。八時過ぎには帰宅。洗濯など済ませ、十時過ぎに再び出て、今度は都心へ。図書カードを入手したので使うのだ。オアゾの丸善に乗り込み、ドゥルシラ・コーネルの『イマジナリーな領域』を購入。こういう高価な本は図書カードが手に入らないとなかなか買えないし。しかし、ちょい読みの印象では簡単には歯が立たないのではないかと思われた。訳文も、あえてそうしているのか生硬な感じ。でも大部な本の重みを感じながらごつい内容に呻吟するのも読書。余勢を買って笙野頼子『だいにっほん、おんたこめいわく史』も購入。

先端を光らせながら降りてくる冬が膨らむ東京湾へ

×月×日（ミツユビカモメ）

帰路は所用あって大森郵便局経由。この路線に乗ると、バスの車窓から平林書店が営業しているのを眺めて安心するのが習いなのだが、まっくら。不安。馬込図書館に寄り、『通俗武蔵風土記考』なんてないかな、と探すが、その手の古物はない。しかし個人の著作物と思しい『馬込の歴史』なんて本（というより、手書きの原稿を閉じ紐で結わいた冊子）がある。寄贈ものなのだろうが、こういうことをするのが郷土史家か。内川の水源や橋の名の謂われについての記述がないのは残念だが、古色蒼然たる写真はいずれも初見のもので、楽しい。高山れおな『ウルトラ』を読了する。保守的というよりは回帰的。古色蒼然たる雰囲気もあるが、古物ではない。言葉は古いが内容はとげとげしいのだな。

離陸するどの窓も貌《かほ》実朝忌　　高山れおな

紅梅やまたも地球を思ひ出す
超巨大落椿にて圧死せむ
雛壇の上より見れば戦かな
朧夜をひとかは剝けば奇兵隊
仮面ライダー仮面を剝げば曼珠沙華
夜景へと機体降りゆく近松忌

なんてところがおいしいか。

きのこづらした俺が描く漸近線、遠回りして猿に近づく

×月×日（ズグロカモメ）

ＮＨＫ朝の気象情報で南ちゃんが「秋よ斜陽なら」なる畢生の駄洒落を飛ばしていたらしい。目撃できなかったのが惜しまれる。さて、昼は八重洲の玉乃光で。しかし体調の低落ぶりを反映して海鮮丼を全部は食い切れず。玉乃光、店内のレイアウトが変わっていた。東京駅の大丸も閉店していた。しかもどうやらとっくの昔に。時代の変化に対応していない…。食後はお茶の水へ。東京堂で棚木恒寿歌集『天の腕』を探すがない。まあ普通そうだわな。一階で笙野頼子特集の『文藝』を購入。小宮山・田村・虔十などを冷やかしてから総武線・有楽町線・丸の内線と乗り継いで茗荷谷の某書店を目指す。店はすぐに見つかるが、開いていない。土曜日の午後二時で堅く堅く堅くシャッターが閉ざされている。なんでよ。ま、古書店というのはこういうものか。池袋には戻らず、大手町から半蔵門線で渋谷へ。東急ハンズでしばらく物見遊山してからブックファーストに行くがビルそのものが建て替えとやらで閉鎖されていて唖然。目的を見失いふらふら渋谷に向うと、かつて池田書店だった場所がブックファーストになってる。詩歌のコーナーに行ってみるとなんと白鳥さんがいた。これから詩の批評会に出かけるとのこと。ブックファーストの件を聞いてみると、リソースを新宿に注ぎこむことにしたので渋谷店を閉じてしまったとのこと。時代の趨勢に取り残されているなあ俺。言うまでもないが、ブックファーストの詩歌コーナーに今の私を刮目させるようなものは置いてない。白鳥さんに誘われたが謝絶して帰宅。夜までに南陀楼綾繁『路上派遊書日記』を読了する。分厚いが内容が面白く厚さを感じない。もう少し読みたいぐらい。歌集顔負けの立派な栞がついていた。この栞がよく、感心する。夜は『砦』を読む。槇さんの作品に、あまり元気がないが…。

水底を持つ駅舎かな霜月のあなたこなたを窪ませながら

×月×日（ウミネコ）

八時前に大江戸線で都庁前へ行く。しかし有効期限を一年早く勘違いしており仰天。どうしてそんな読み間違いを犯したのか我がことながら理解できない。申請やめようかなとも思ったが折角来たのだからと思い断行。申請者は数えるほどしかいないのであっという間に終わる。喜び勇んで高田馬場へ行き、歩いて早稲田に赴くが、時間が早すぎて古書店はどこも開いていない。ブックオフが正門の近くだったか都電早稲田停留所の近くだったかにあった筈なので歩き回って探すのだが、どこをどう経巡っても見当たらず完全な徒労に終わる。グランド坂から戸塚の交差点に登って、再び穴八幡へ。あゆみブックスで小一時間うろうろし、大村彦次郎『文士のいる風景』を買う。再び坂を上ってようやく開き始めた古書店に。古書現世では何も買わずに『早稲田古本街地図帖』だけは入手。二朗書房やいこい書房も冷やかすが、琴線に触れるものがなかった。平野書店では近代文学なかんづく詩歌集が充実しており、ちょっとした驚き。学生の頃、福永武彦の『死の島』の単行本、分厚い上下揃いをここで買った記憶がある。金などない時代だから、それはもう意を決して買ったのだった。すぐ読むのがもったいなくて、暫くしまって置いた。当時は文学的な関心が現在とは全く別の方向に向いていたので、詩歌の棚には見向きもしなかった。惜しいことをいたしました。さて、現在の平野書店、歌集はとりわけ現代歌人のものがめじろ押し。光栄尭夫、槇弥生子、森本平、高橋みづほなど、ブックオフでもそうそう見かけない代物がグラシン紙に巻かれて並んでいる。佳景といえよう。あれこれ物色した挙句、最終的には三枝昂之『地の燠』を買う。店主のお人柄も良いのだった。昼飯を食うべく高田馬場に戻り、あろうことかメシを食う前にブックオフで宇佐美斉『立原道造』を買う。今日は買いまくった。帰路、五反田で内藤酒店に行くついでにまたもやブックオフに立ち寄る。ただし何も買わず。内藤では鶴亀の純米大吟醸カップ酒を買った。

本日よまた来ることがあるのなら屋根に群がる鳥でたのむ

×月×日（カモメ）

昨夜あろうことか再度嵌めた仮歯が中一日でまた外れたので、泣いたり怒ったりしながら歯科医へ。久々の鮨。勢い込んで赤貝を噛んだらこれだ。装着までかなり時間がかかる。口を開けている時間が長くて疲れてしまった。しかし、診療後立ち寄った古書店「田園りぶらりあ」で何と以前から探し求めていた高山れおなの句集『ＵＬＴＲＡ』の美本を安価で入手！　しかも詩歌の棚の一番下のはじっこの方にこそりと鎮まっていたのだから仮歯が抜けたなんて程度の驚きじゃない。我ながらよくぞ発見した。先日訪ねたときはなかった。歯が抜けてれおなを得る。

ありえないものから生じた一切をつぎ込み今夜の味噌汁とする

×月×日（シロカモメ）

体調思わしくなく一日休むが、午前中懸命に横臥して休んでいたら一層塩梅が悪くなる。午後から起き出し、小関智弘『羽田浦地図』を読み始めて一気に読了する。中学生の時分に近隣の大田区立浜竹図書館で借りて読んだが、字面を追うのがやっとで、内容まで受け入れられる年齢ではなかった。今読むと、生まれ育った地域の風情が端々に沁みこんでいるせいもあり、何だか体熱が皮膚上層に集中してくるような気分。表題作では主人公の妻に私自身の母を重ねてしまう。「祀る町」では主人公の選んだ道を理解しようとして、その父が新聞を懸命に読み、該当記事に赤線を引くという挙動にやや目頭が。こういう件に泣くということは、体調が改善しつつある兆しであると判断して再び床に入るのだった。

鉄材はやがて気体になるまでの長い眠りを眠っておりぬ

×月×日（ワシカモメ）

朝食を摂っていたら突然堅いものを噛む。先日装着した仮歯が外れたのだ。テンポラリーな接着剤なのだから仕方がないが、一度外れるとまるで駄目。二度と元に戻らない。無理やり押し込むけれど、喋っていると自然に脱落してくる。みっともないのでなんとか仕事中は付けておきたいと思ったが諦める。うかうかため息もつけない。某課との打ち合わせも歯抜けのまま行う。喋りにくいのではあるが、心配していたほど空気は抜けなかった。とにかく歯科医に連絡し、取り急ぎくっつけてもらう。二千円近くかかって大弱り。やはり歯の健康一番ね、汗。帰宅後、洗濯しながら澁澤龍彦『高丘親王航海記』を読む。澁澤先生スマソ。洗濯しながら読んで。夕食は買い置きしてあった「どんちっち鰈カレー」を食う。干鰈日本一の浜田市自慢の品。カレイは焼きがうまく入っていて香ばしいが、仮仮の前歯が心配でガリガリ食えない…。

つぎつぎと桃がうまれる夜明け前俺は夜明けをもう許さない

×月×日（オオセグロカモメ）

凪はさすがに神無月。谷津干潟へ。今日は鳥影が少ない。どうしたことか。先月の颱風の爪痕は漸く癒えつつあるようだが、方々で残骸が放置されていた。復路の京成線で獏水いや爆睡。八幡近傍で寝てしまい宝町まで目覚めなかった。夜、笙野頼子『幽界森娘異聞』を読了する。

後日譚はあまり面白くなかった。しかし佐藤亜紀の解説が極めて誠実でわかりやすかった。こういう評論を書いてみたい。耳鳴り、改善したかと思ったが床に入って悪化。

海から百合から切れ切れの声聞こえくる冷気が部屋を満たすまでの間

×月×日（セグロカモメ）

祝日出勤。編集作業に勤しむ。人口増のピークや、友好都市の紹介文に若干の保留点あるも、おおむね勢いで乗り切る。四時近くになってから出る。涼しいので大森で降りて馬込まで歩くことに。緊張しながら古書店、天誠書林に立ち寄る。でも、居れば居るほど落ち着いてくる、この居心地のよさ。二十分ばかり棚を見る。文学中心で、詩・俳句・短歌も少なくない。というか、短歌結構多いぞ。とはいえ今日は小関先生の『羽田浦地図』の旧版が目当て。ご当地だけに、二冊もある。比較的状態のいい本（千二百円）を買おうとするが、カウンターに持っていくと店主が「小関さんのはこっちにもあるよ、ムレがあるけれど、読むだけなら」といって、そういう本（三百円）を手渡してくれる。おっしゃるとおり、私はコレクターではない。読めればいいのだ。嬉しく思いながら店を出た。

夕暮れは割れ物ばかり抱いている自分の影が増えていきつつ

塩見恵介

×月×日（ユリカモメ）

朝起きたら、ＰＨＳが立ち上がらない。まったくだめ。こいつ、朝が苦手で、よくぐずるのだが、今日は昼近くまで頑固に眠っておった。昼から浅草を歩く。雷門裏手のラーメン屋でつけ麺を食ってから徒歩でかっぱ橋へ。ぐい飲み、飯椀、あるいは食品サンプル。こういうものをみているると時間がいくらあっても足らないので困る。田原町に戻り、本法寺の「はなし塚」を見て帰る。塩見恵介『泉こぽ』読了す。さすがに坪内稔典さんの推薦だけあって面白い。でもさすがに全編に亘ってそのテンションが続きっ放しというわけではない。あまり贅沢を言ってはいかんな。でも、

風邪の日のこころがすこし紙ぶくろ
いちにちをもたれてすごす春の風邪
沈丁花ゆっくり今日を好きになる
こんな日のくるみの中が神学部
先生と呼ばれる前は葉牡丹で
あの野郎電話も出ずに夜寒して

出逢いとはらっぱすいせんだったのか
梅一輪咲いてソースの特売日
犯人を仮にレタスとおいてみる

などがよろしいですな。

薄く掬う東京湾の表面をいまおちてくるねむりのために

×月×日（アカエリヒレアシシギ）

昨夜は風雨とも大変強く、一時間半おきぐらいに目を覚ましていた。朦朧とした状態で出かける。大井町駅で電車が止っているのでどうしたのかと思ったら「多摩川が氾濫しているため」電車が止っているとアナウンスがあるものだからたまげるが、実際は水位が上昇して電車を止めるレベルにまで達したのであった。驚かすなよ。少し電車内で待ったが動かないのでJRを諦め、大井町線と池上線を乗り継いで蒲田へ。昨日ご本人から直々にご恵贈賜った白鳥信也詩集『ウォーター、ウォーカー』をちょっと読む。巻頭の「あっ」は、雑誌での初読の際とは印象が異なる。日常に詩の成分があって、それを身体でなぞっていく。それも一歩一歩、踏みしめていくようなスローテンポが白鳥さんの持ち味であると私には思われた。あまり視線には重きを置いていないように感じられる。

猫はいま薄目を開けて見ていたり世の揚げ物が揚がりゆく音

×月×日（セイタカシギ）

目黒区美術館で開催中の『線の迷宮Ⅱ—鉛筆と黒鉛の旋律』を見に出かける。目黒駅から歩いたのだが、権之助坂の弘南堂書店に立ち寄ってまず景気付けに水原紫苑『あかるたえ』を購入する。この古書店、詩歌コーナーがある。本を大事に扱っていることがよくわかる、気持ちのいいお店だと思う。こういう古書店が近隣に欲しい。さて、件の『線の迷宮Ⅱ—鉛筆と黒鉛の旋律』であるが、関根直子の諸作品が非常に好き。ポスターにもなっている『見ること、聞くこと』、展示スペース入口に掲げられた『道のかたち』が特によかった。意味がわかりそうでいて、やはり何となく弱い風に吹き上げられてどこかに行ってしまいそうなそれらの絵。というか線。じっと見ていると自分が時間になる。音の少ない美術館の中で、時間を司る一本の棒になっている。時間を司るというのは錯覚で、時間の一部に取り込まれているだけなのかも。小川百合の窖の底から見上げたような風情の図書館も好きだ。齋鹿逸郎の作品は、近寄って細部を観察すると鉛筆を何やらぐるぐるかき回しただけのような部分もありつつ、遠くから見ると都市の鳥瞰図のように見える。目録が出来ていないというので、予約して送ってもらうことにした。館を出ると非常に蒸す。この後、自由が丘へ。ところが行きたかった店の名前を忘れてしまいどうしようか迷ったが我慢して根性で探すことにし、一発勝負でマリ・クレール通り側の改札口をのほほんと出て、歩き出したらすぐに東京書房があるではないか。とはいえここは目指した古書店ではないが、偶然を軽視してはならぬ、入店せずんばあらず。適当に冷やかしていたら近藤啓太郎の単行本を見つける。麻雀好きだということは知っているが、肝心の作品を読んだことがない作家なので、気持ちは動くがやめる。根性入れてお買い上げのあげく、「まあ、ちょっとなー。麻雀のエピソードの方がいいな」みたいなことになったら古本と私の双方にとって不幸だし、などと適当な言い訳を考え付くが、まあ誰に言うわけでもないし。最終的には何とか目指す西村文生堂を見つけ出したが、結局戦果はなし。でも関根直子の作品に会えたので良い一日だった。

燕にしか聞こえない声それならばきみは言うのか「もうおやすみ」と

×月×日（アオシギ）

Eさんの通夜。職場から仲間たち四人で歩いて斎場へ行く。定刻よりだいぶ早くつき、控え室で待たされる。安っぽいテーブルと椅子ががたつくし、何となくがたつかせる。二階なのだけれど、日が暮れているせいもあろう、無理に明るくしつらえた地下の通路みたいだ。彼とは四五年ほど会っておらず、無念な再会になった。遺影はいい笑顔だったけれども、帰り際に棺を覗いてみると、無精髭が伸びたままの憔悴した顔つきだった。下唇に噛み締めたらしい痕がある。「Eさん、何だよ、早すぎる。」と語りかけた。Eさんの音楽的な基盤はジャズだったけれどプログレっぽいものも聴かないわけではなく、パラダイム・シフトやリターン・トゥー・フォーエバー『ロマンティック・ウォーリアー』などを貸してもらった。こちらからはユニヴァル・ゼロとか、バーバ・ジャム・バンドを貸したりした。マニアックな話だが。自分の好きな作品をEさんに褒められると嬉しかった。通夜ぶるまいの席で昔の仲間五人と再会。華屋与兵衛で引き続き飲む。

弦楽のために夕暮れ降りだした雨はやむまで雨だったのか

×月×日（タシギ）

Eさん急逝。直接的な原因はわからない。慌てて昔の職場仲間から情報を集めると、近時アルコール依存状態だったという。温和なジャズベース弾きの彼からは想像できないことにまず驚愕する。以前、二人で本邦初演のメシアン「トゥランガリーラ交響曲」を聞きに行ったことを思い出す。販売開始後すぐに券を買ったためかなんと最前列で、しかも一番聞きたかった原田節さんの奏でるオンド・マルトノの真正面。オンド・マルトノの音が私の鼻の頭に直撃、衝撃波が鼻の頭から左右に分かれていくのを感じ、陶酔した。大音響に陶酔したのは後にも先にもこの晩だけだ。二人ともずい分満足して、帰路、音そのものの衝撃について話し合った。その後、Eさんとはもう一度「トゥランガリーラ交響曲」を聞きに行く機会があったが、サントリーホールのC席だったせいもあり、昔日の感動は再来しなかった。当たり前だ。昔日は再来しない。

背中が春、そういう男であったのにみずから畳んで捨ててしまった

×月×日（ヤマシギ）

残業をしていたら白鳥さんがやってきて、今週の日曜日、江戸博でポエケットがあり、モーアシビでもブースを出すので、この際、拙著『からまり』を幾冊か出品してもよいとの沙汰で、喜んで五冊を託すことに決める。当方は訳あって行くことができない。江戸博は、あまりに周囲を威圧・睥睨する大仰な外観が好きになれない。展示物を見るのは大好きなので、こういう

場所で半日、一日を使い切るなど朝飯前なのだが、ここ、何だか広すぎて歩いているだけで疲れる。これでは中身もあまり好きでないというべきか。さて夜は大井町のイタリア料理ファビアーノへ。親しみやすい雰囲気でいいのだが、パスタに入っていた唐辛子の直撃を受ける。店員が結構きついですよとそういえば事前に言っていたが、「ま、パスタに入れる唐辛子だし」ぐらいに軽く考えていたのが災いして大袈裟でなく轟沈もの。口中が破裂し、多少の水を飲んでも暫く辛味が抜けなかった。帰宅したら六花書林から『仙波龍英歌集』が届いていた。ようやく仙波が読める。ぱらぱら捲ると、邪悪な雰囲気の作品も垣間見え、プログレでいうと、アルファタウラスが再発された感じ。

公達と呼ばれるべきね電柱が火星を刺して立っているなら

×月×日（チュウシャクシギ）

アド仙人師のブログ『山梨臨床心理と武術の研究所』を閲覧する。学生時代の頃から、彼の文章は破綻のない、かっちりしたものだったが、その骨格に変化はないまま、類稀な仕事の経験が一段の深みを付け加えているようである。それにしても「アド仙人」ってのはナニか。学生時代、少なくとも西早稲田の一軒家に某サークルの面々と奇ッ怪な集団生活をやり暮らしていた時分から霞を常食していた、もしくは常食していると悪友どもから期待されていた彼なので、仙人の呼称は良いとして、「アド」はなあ。アドラーを知らない人は電通か博報堂あたりと取り違えるのではないかと心配。いや、もしかしてそうなの？　冗談はさておき、臨床心理と武術、消費するかはさておきいずれも読み手は少なくないはず。「先祖は家臣？」、「祟りか？」とか「河合隼雄さんのこと」あたりのコラムも捨てがたい味。そもそもタイトルがブログ向きというか、あざとくキャッチー。その一方で臨床心理に関しては現場に根ざした生まじめな記述に終始するので、その点では極めてお役立ちなブログなのだろうと推測はされる。七月堂から出版するように、今度会ったら説諭しておくか。もちろん表紙のイラストは本人が手がける。ナスカの地上絵に酷似した謎線画を得意とする師のイラストを久々に拝見したいと考えるのは私だけではないはずである。

有効と無効を分かつ澪筋がここにあります裸足におなり

×月×日（ホウロクシギ）

午後からオアゾの丸善へ。パワーズの『囚人のジレンマ』、笙野頼子『金毘羅』、池谷伊佐夫『東京古書店グラフィティ』を購入。大嶽さんの『新左翼の遺産』はやはり買いきれず。やはり高くて。昼飯、「すぎのこ」でざるうどんとまぐろ丼のセット。ちょっと高くて。帰宅してからウルトラQ、未見のタイトル『宇宙指令M774』を見る。自衛隊（？）が完膚なきまでに怪獣を退治するのを初めて目の当たりにした。なんだ人間も頑張ればエイ型怪獣風情の一匹や二匹は打ち据えることができるのだ。しかしながら、ラストシーンはかなり不気味。ウルトラセブンにも似たようなテイストの作品があったような気がする。

ミント系アイスの匂い怪獣は海から出るともう弱くなる

×月×日（ダイシャクシギ）

午後から吉祥寺へ。実は吉祥寺は初めてに近い。何かの加減で近鉄百貨店に行った記憶があるが、街歩きをした覚えがない。井の頭線で行ったのだが、乗客がみな若い。半分がたお尻を出して歩いているような若い女性もいたので仰天する。ところで吉祥寺にはお尻ではなくて吉祥寺美術館に堀田清治の絵を見に出かけたのであった。伊勢丹新館の七階に美術館はあって、どうやって行けばいいのか迷う。作品では「不気味な犬吠埼」とか「微雨」が好きだ。所蔵作品の展示では、版画がよかったが、メモをしなかったので作者の名前を覚えていない。綿矢りさ『蹴りたい背中』読了す。想像していたよりよかった。若い人が勢いで書き上げた、という感じはしない。そのくせ、登場人物たちの強情さ。裏表がなさそうに書かれているけれど、氷山の下の部分も読み込んでいけそうな気がする。買ってよかったかも。

騙されてここまで歩いてきたらしい四囲はかすんだ雨のゆうぐれ

×月×日（オオソリハシシギ）

夜、岡野弘彦『バグダッド燃ゆ』あっという間に読了する。おおむねレトロスペクティブな歌。戦友に死に遅れたという感情があるのはよく理解できる。その感情がおのれの身を責めてしまうのであろうことは、私も理解する。しかしながらその感情の勢いで現代の世相だ若者だを斬っても、面白いとは思えない。むしろ岡野弘彦のような人が現在の若者のだらしないところにこっそり忍び込んで歌ってみたりしたら、それはちょっとびっくりするような代物ができあがるのではないだろうかと思った。やるわけないか。とはいえ、

あたたまりなき心なりけり。若き日の炎の桜　まぼろしに見ゆ　　岡野弘彦
焼け原の巣鴨・大塚　幹こげてなほ立ちそそる　大き公孫樹
泥水を背にかけあひてひそみゐし、かの側溝の　いまも残れり
夜ふけて氷りゆくらし。谷川の瀬《と》の音ひびかずなりて　久しき

降りしきる雪に　家族《やから》がとぢこもる　軒に吊るせり。猪《しし》の太股

などがいいですね。こうしてみると、私もどちらかというと岡野さんの回顧的な視点の作品に惹かれているのだなあ。まあ汗か。

あ、ビールの王冠よね、集まれば集まるほど埋設したくなるのは

×月×日（オグロシギ）

十時から某報告書の執筆にかかるヒアリングがある。よその課の人とこういうヒアリングに出席するというのは初めての体験であり、変な気分である。同席するのはY子さんである。きれいな女性と並んでヒアリングを受けるというのも空前絶後か。彼女は庶務担当なので、私の前の課からぶっとおしでやっているはずなのに、以前一緒に仕事をしていた時と同じ、全く疲れたような風情を見せず、よその課のことにさえ的確に受け応えるのは流石である。結局H係長に体よくおだてられてあれこれやる羽目になりそうである。でも細かい部分はかなり蹴飛ばす。気がつくとご要望が集中してくる今日このごろだ。大津仁昭の『爬虫の王子』、丸を付けた作品多し。例えば、

網戸より風はあまたの草色の舌となりてはわが身を拭ふ　大津仁昭

空港のジェットの音に磨かれて耳の底なる白砂《しらすな》ひかる
フロアーに硬貨落とせば他界にて久々に騒ぐ銅《あか》の商人
市境へかかる竹群わが業のごとく夕日を散らしてゐたり
遅れ馳せながら私は昼火事をひるがほいろの視野にとどめき
わが顔を遺影に似合ふ角度から鳥や獣がほのぼのと見る
下萌えの心の外は枯野にて静かにバスが燃やされてゐる

言葉を充分に選んでいる印象がある。「わが身を拭ふ」とか「音に磨かれて」など、動詞の使い方に特に意が用いられているようだ。あるいは

ヴァイオリン川面渡りて聞こえ来るおそらく小屋に朱色の奏者
イタリアの古酒を飲むときムソリーニ幽閉中の湖《うみ》も匂へり

あたりの特異な感受性を誇示するような、やや無理目な作品群も好き。

ギリシアにもう行きたくて松風をゆっくり畳んでいる夜である

×月×日（ソリハシシギ）

休日。腰ほぼ本復。両国近辺をうろつく。大江戸線を森下で降り、まずは駅周辺に残るクラ

ンク状の水路跡を辿る。三保ヶ関部屋の前を通る。町内会の催しがあるらしく、開門していて、素人らしい人物が頻繁に出入りしていた。ここから江東と墨田の区境に沿って歩き、要津禅寺で道草しつつ、塩原橋で竪川を渡る。出羽海・井筒の両部屋は閉門中で静か。手持ちの地図に掲載されていた相撲写真資料館は大仰な箱物ではなく、要は写真店。火曜日しか見られないみたいで残念。時津風部屋の前も通過する。玄関にシャッターが降りていて完全に締め切り状態。なのをいいことにその玄関に鼻先まで近づいてみたりして。両国駅近くで沖縄料理を食ってから旧安田庭園へ。すこし磯臭い感じがあり、私は好きだ。両国駅方面に戻って今度は陸奥部屋を確認してから回向院へ。山東京伝の墓があると聞いたが辿りつかない。京伝は京橋南伝馬町から命名したとのことだが、テキトーくさくやってこざっぱり纏めるたあ憎いね。「橋場」や「南町」じゃわけわかんねえもの。途中秋葉原の総武線ホームにあるミルクスタンドに立ち寄り、東毛乳業のパスチャライズドコーヒー牛乳を一気飲み。最後は銀座に出て、山野楽器でDVD「ウルトラQ　6」を購入。帰宅して見る。『ゴーガの像』、羽田空港が出ている。悪者のアジトがあるのは三田とか白金のあたりかだろうか。判然とはしないが。『変身』がよかった。子供の頃に見たときは、気味悪いとしか思わなかったのに、この年齢になって見たら目頭が熱くなった。大津仁昭さんの歌集、読みはじめる。

今すぐにやらなきゃいけないことなんか何にもないよ変身のほか

×月×日（イソシギ）

雨。帰路の雨は特に酷く、スコールと呼ぶほかないような代物。ここまで情け容赦のない降りっぷりは生まれて初めて体験するレベルかもしれない。降雨体験車でしか味わえない大雨をこの身に受けたのかも。スーツはぐしょぐしょ。ズボンを絞ると雨水が滴る。ここまで凄いと笑うほかなく、本当に水が滴るものだから面白いのだが、濡れ衣服を絞ったりすれば皺ができるのが当然で、出来した結末を見てすぐさま大汗になる。阿呆か。田園調布で降雹があったと報道あり。中学生の頃、羽田で降雹を一回だけ経験したことがある。時間的には二十分程度だったと思うが、大袈裟でなくこの世の終わりと思った。依然腰は泣いてる。しかしやはり張りであって痛みというのとは微妙に異なる。所属歌誌の紙面構成の都合から、俳句作品を何句か提出する必要が出てきたため、有り合わせのもので適当に間にあわさせていただく。もっとも、俳句がそうそう作れるわけではないので、綱渡りはいつまでも続かない。

肉まんはいつか降るべくなお降らぬ雪のようにぞ柔らかかった

×月×日（キアシシギ）

汗、などと笑っている場合でなく腰が痛い。歩くのもつらいので仕方なく休む。伸ばすときついので体を折り曲げて横になっていた。昨年買って放置したままの湿布薬を貼付していたら一応楽になる。首の方まで筋肉が張っている感じ。痛いというよりぱんぱんに張っているというべきなのかなあ。笙野頼子『徹底抗戦！　文士の森』を横たわって読む。圧倒的な力。夕刊を見たら現役の農林水産大臣が自殺云々との報道あり。昼のニュースでは何も言っていなかったと思うが。

予言者のお言葉を待つねじ山の崩れはじめている水曜日

×月×日（タカブシギ）

連れが友人と佐倉の国立民族博物館に行くというので、私は神保町へ。祝日だけあって店はあまり開いていない。東京堂で大津仁昭の『爬虫の王子』を、三省堂で岡野弘彦の『バグダッド燃ゆ』および高祖岩三郎の『ニューヨーク列伝』を買う。これで気合がさらに入れば日本特価書籍でもう一冊というところなのだが、入らん。東京堂で塙書房の特集棚があって心動かされること夥しいが、買うには至らず。東京堂の急屈曲する階段を二階から一階に降りながら、日々劣等感とか限界に直面するなあ、と思う。でもすぐに忘れる。店から店への移動は無口で早足。時折ペットボトルのお茶を口にする程度。もっと漫ろ歩きした方がいいのだろうなあと思うけれど、たまに来るとこうなってしまう。帰宅後は加藤治郎『環状線のモンスター』を読みながらモーアシビの原稿を少々弄ぶ。久しぶりにe.s.t.を聞き、中二階にいるような気分になる。

静謐の謐の字のどこが痒いのか、確かめながら歩きましょうか

×月×日（クサシギ）

古い大田区報を読んでいて懐かしい写真を見つけた。実家の近くにあった六間堀末端部の俯瞰写真だ。とはいえ堀には首都高速道路横羽線という「蓋」が掛かっているのでいったいどこから撮ったものか。六間堀はその名の通り幅六間の水路なのだが、末端部は水路の幅が一・五間程度になってしまう。残りの四・五間は児童遊園。大した遊具は置かれていない。子供らがその背中に跨るための牛や豚だのの石像が散り散りに並べられているだけだ。幼時の記憶どおり、末端部が括れている。まさか汚れた水路の写真が刊行物に掲載されていたとは思いもしなかった。おのれの原風景が目の当たりにできるのは、それがいかに汚れていようとやはり至福。

六間堀はとにかく汚れていた。東京湾の水が潮の干満に乗じて入り込んでくるので、水が汚いのは当然のこと。当時の多摩川河口の水質はとにかく悪かった。むしろ特筆すべきは「ゴミ」がたくさん浮いたり沈んだりしていたことだ。日野日出志書くところの末世的なあの川（都死河川）だ。白黒なのが惜しまれる。コピーしたい気もあったが、止める。原風景はコピーしてはならない。コピーしたものを見るたびに、原風景は縮小していく。原風景をコピーしてはならない。

おれだけが春一番にからまれてブリキバケツになってきました

×月×日（トキワギセキレイ）

昼間なのに明け方のような中途半端な明るさ。風がやや冷たく、焦がした麦の匂いがした。臼田坂を下りきって、そのまま新井宿の外れにある吉田一穂の詩碑を目指す。新井宿特別出張所付近までは民家も多く、大東京の一部だという気がするけれど、内川と呑川を繋ぐ水路がクランク型に曲がって、ちょうどため池のようになっているあたりまで来ると、人気もなく、もはや東京近郊の気配濃厚である。ため池は、まだ春浅いとあって生き物のいる様子がなく、鈍色に濁っていた。ここでも焦がし麦の匂いがする。するどころかかなり強く、あるいはこの水深の浅い水たまりこそ、件の匂いの発生源なのではないかと勘繰られた。昨年の夏だったか、近隣の子供たちが裸足でこのため池の泥泥した底面を踏みしめながら追いかけっこをしていたのを私は目撃していた。子供の足裏が泥に押し付けられた時の匂いがそもそもの原因なのに違いなかった。一穂の碑は、雑木林の中にあると聞いている。佐伯山の麓から広がる農地が東海道線の線路に遮られるあたりに、この付近最後の雑木林が残っていて、往昔の参詣道沿いに、文化財的な価値のある石碑群と並んでいるのだという。肝心の寺院は既にないが、参詣道は池上通りから真っ直ぐ伸びて雑木林を貫き、警報機のない作尻踏切で東海道線と平面交差するのだった。参詣道に辿り着くと、私はいつもの習慣で、道の真ん中に立って、東海道線の方角を見晴るかす。運がよければ保線用車輛が黄色い回転灯を瞬かせながら東海道線を横切るのを見ることができる。ほとんど人が通らないので、車輛は時折踏切上で停止して一休みすることもあるという。そういうものが見られるというのは、よほど幸運なのだ。今日は生憎車輛は通過していない。雑木林の中にはさすがに麦の匂いはない。そのかわり、昨日降った雨が空気といわず地面といわずそこここに滞留し、日が差し込んでもいないのに、蜘蛛の糸がひたひた光っていた。一穂の碑は、例の「ピアニシモ」のやつが刻んであるというのだが、五つもならんでいる石碑のどれがそうなのかわからない。一様に碑面の風化が進行しているのだ。一穂の碑以外は江戸中期から後期に建立されたものだというから、最も新しそうなものを見分けようとするが、角が掛けていたり苔が張り付いていたりザザ虫の抜け殻のごときが文字の中にもぐりこんでいたりと、時代のつき方がどれも似通っている。諦めて胸ポケットから「細雪」のパッケージを取り出して火を着けた。おもてむき禁煙中の身なので、吐き出した煙は新雪の匂いがした。

横はいりする権利あり――一穂がたまたま聞いたブラームスにも

×月×日（ナガレボシヒワ）

昔一緒に仕事していたHさんが、私設福祉事務所を開設したので、私はかつての恩義を忘れることができず、無給で手伝うことにした。といって、仕事は止められないので、月に何回かある泊まり勤務を請け負うだけだ。事務所は国鉄線から分岐して湾岸部に向う貨物線の高架のすぐ脇で、深夜時間帯にはよく機関車の汽笛が鳴り響くような、「聞き鉄」の私には好適なロケーションにあった。Hさんは公的扶助からも見放されがちな人々に救いの手を差し伸べたいという強い意思がある。行ってみると、借金取りに追われていると称する人を五人も六人も匿っていて、シャワーもない平屋建ての事務所には埋立地の雨の匂いが充満していた。これで一晩寝ないで過せるのか心配になった。Hさんは今日も北関東某所に出かけていて戻らないらしい。「Hさんから話を聞いたよ、お前さん詩人なんだって」という背の低い六十見当の男が近寄って来て私に持ちかけて曰く、「サトウミツルと北村太郎について夜どおし語ろうぜ。Hさんも、あんたなら大丈夫だって言ってた」。私は、「貨物列車の通過音を聞いていられるからここに来たのだ」とか、「サトウミツルというのは後期四人囃子のボーカリストか、それともカバちゃん似の野球選手か」と返答すべきだったのだけれど、そうしないでお湯ばかり沸かしていた。

耳鳴りは一人砂漠に残された夜にはじまりのどがかわいた

×月×日（アオアシシギ）

昨夜来、急遽鹿島鉄道行きの可能性について取り沙汰されたものの、やはり眠くて無理。早朝に断念。思い立って出かけるというやり口に身体がついていかないとはどういうことか。汗。一転反対方向の小網代へ行くことにした。往路、京急の快速に揺さぶられながら、『V』。メイストラルのエピソード、詩と地の文が交互に出現し、いずれも硬い感じの文で先に進まない。彼岸前後の干潮。小網代の場合、干潟があるといっても小規模なので、必ずしもシギ・チドリが蝟集するというものではない。これまで大潮の日を選んで出かけたことがなかったので、今日は干潟の光景がいつもと違って見える。それは人出が多いということでもある。鳥はあまりいない。食後、川の源流部にさかのぼるとさすがに人影がない。湧き出したそばから油壺湾に向って下りはじめる淡水の音を飽かずに聞く。スミレが咲いていた。帰り、引橋付近の無人スタンドでキャベツと三浦大根を買う。帰宅してさっそく食ったら大根が辛かった。

少し流され当面死んだ気になって生まれ変われば柚子か大根

×月×日（コアオアシシギ）

本日は仕事の達成が危ぶまれる仕儀に陥りつつも、後半は辛うじて巻き返し、どうにかこうにか乗り切る。それはそれとして朝、職場の階段を登っていたら、何だかという編集プロダクションと思しい会社の女性から携帯に電話がある。大意、数年前に「短歌研究」に掲載された私の作品を「引用したい」のだが、とのこと。どういう媒体に掲載すんのか聞き漏らした。さして気にいっていない作品群だし、通勤途中でうんざりしている最中だし、そもそもが引用だなんて調子いいこと言っておいて最終的には「当社でご出版なさってはいかがでしょうか」なんて金を使わせるオチがついているのに違いないと考え、「後で電話して」と邪険に扱う。今夜電話するといって先方は電話を切ったが、かかってこない。ほらみろ、引用なんざ口実であろう。帰路、丸の内のオアゾに潜り込んで丸善で『V』のⅡと『万葉秀歌』の下と続き物を購入。

背表紙を頼りに僕は書店から冬の海まで歩いていくよ

×月×日（アカアシシギ）

変転する天気。早朝から順に出現した天候を記せば、晴、雲、雨、雪、霰。出町柳のバス停で大原行きを待つが、来ない。マラソンだかで通行止めになるよりずいぶん早く出てきて並んだのに、来ない。時間を誤ったか。周囲には似たような人々少なくなく、みな二十分も立ち尽くすと根性が切れてきて「もう来ないね」だの「歩こ」だのと言い募り、一人が歩き出すやたちまち四散。われわれも根性切れ。京阪で宇治にいくことにした。平等院もいいのだが、初めて入った宇治市の源氏ミュージアムがよかった。といって展示物ではなく、源氏物語を中心とした国文系の研究書ライブラリーが。書籍の集積に興奮するわけだ。いくつか読んでみたくもある。この後霰たばしる中、三室戸寺、萬福寺と渡り歩く。夜は寺町三条のアルマツオに出没。以前に比べて量が減った気がする。もっとも、かつてはすごい量だったので、私にはちょうどいい満腹ぐらいになって却ってよかったかも。

ともすれば山鳩の背にくるまって雪降りを待つバス停だった

×月×日（ツルシギ）

長い一週間だった。ここ数日来花粉飛散量多し。行きがけに山王ロマンチック通りのファミリーマートでマスクを買う。他所との交渉事が多かった今週だったが、今日は終始内製作業が多い。午前はパソコンに向かい、午後は池上、六郷、羽田と届け物だの撮影だの。大師橋の撮影、橋全体を構図に収めきるのが難しい。そこで羽田ばかりでなく、本羽田まで足を伸ばしていろいろな方向から撮影した。数年前に架け替えが完了したのだが、架け替え前の旧橋は大型車が通過するとよく揺れた。戦前に架橋された、なにぶん昔の橋なので造りは武骨。私がガキだった昭和四十年代は公害の猛威も現在の比ではなく、ごついダンプが思うままにのしていたものだから、この橋には暗い印象しかなかった。そもそも現在は「公害」とは言わない。「環境汚染」と表現されるのだ。何度も橋上から覗き込んだ、多摩川汽水域の水面も真っ黒くさざなみ立つばかりだったし。多摩川そのものが怖かった。そういう過去とは完全に切り離されて、さっぱりと明るい風情で今の大師橋は架かっている。高校時代の親しい友人が橋の建設に関わっているし、生まれ故郷の橋なので、いずれ愛着が湧いてくるのだろうか。仕事場に戻って大師橋の画像を加工する。指定のサイズが横長で縦に短い。そういう加工を施すと当然ながら実景よりも寸詰ってしまう。人物はおおむね茶筒みたいになってしまうのだが、橋はこの点形態が寸詰まりに強いようで、却ってなにやら奥行きも得られていい出来になった（ように錯覚しているのかもしれないが）。帰り、鎌田茂雄『法華経を読む』を購入。

×月×日（オオハシシギ）

橋の上。息をしないで生きていく子午線ならばここにあります寝起きが極めて悪い。夢がまたよろしくない。外科手術を受けている。右踵の皮の堅くなった部分を鋭利な刃物で切り取られ、その後、鏨みたいな器具で同部位をぶすっと差されたり、ピーラー様の道具で削られたりするのを、自分が施術されているのに第三者の目線で上から見ている。麻酔が効いているのか、施術される身として痛くないし、観察する立場としても痛々しさを感じなかった。なぜか執刀医が白鳥さんで、手さばきがずい分落ち着き払っていたなあ。〇〇課の乱、午後に至って漸く鎮圧に成功する。乱後の追加的作業も順調に推移。一安心。ピンチョンの『V』、読みはじめる。そうなるとすぐにも下巻を買いに行きたくなるのだ。まだまだ上巻だっつーの。汗。あー本買いたい。まとめてどーっと買いたいな。

お値打ちの寝起きあります少しづつ削って骨まで出てくるような

×月×日（キリアイ）

好天。しかし風が強い。流山の鳥見スポットに行く。驚いたことに、東関東自動車道と流山有料道路に挟まれた区域が大規模開発されることになり、既に整地がスタートしている。排水施設が作られており、かつての水田は完全にほじくり返されていた。もともとこのあたり、巨大道路が輻輳していることもあるのかどことなく荒れた雰囲気（巨大道路の橋脚には昔懐かしい族っぽい落書きが多数。目が回るような「グラフィティ」はほとんどなく、「上等」とか「参上」とかいった「族風イディオム」が鏤められた落書きが目立つ。「梁山泊」という落書きもあった。楽しそうだね）があり、一見して「こりゃ棄農地だな」という区画も散見された。物流施設ができるのだろう。決まってしまったことに文句のつけようもないが、衝撃。ケリもタゲリも見られなくなる日が遠からずやってくるかもしれない。横浜の小机と鶴見川に挟まれた水田の末路を想起してしまうのだった。今日のところは、今までは行ったことのない水田まで足を伸ばしてケリを見ることができた。復路、常磐線の新型車両がお試し期間ということなのか、グリーン車にタダで乗れた。松戸から上野まで。さすがにいい感じ。『誤解された仏教』を車中で読了する。夜は『みんなで国語辞典』を読みはじめる。面白い。

返して。けれども時空では雲雀の窓が塞がれていた

×月×日（エリマキシギ）

みたび病院へ。眼圧ならともかく、眼球の検査は経験がないので緊張する。おそらく私より若い女医が検査をする。瞳孔を広げる点眼薬の効き目が早く、強い。十分もしないうちに字がぼやけて本が読めなくなる。しかし、眼鏡を外すとまだ読める。でも不思議なことに活字が青

みがかって見える。面白がっている場合ではないが、これで少し緊張が解けた。しかし、実際の精密検査では眼球をいじられる違和感に体がもぞもぞ反応してしまう。「痛いのはわかりますが少し我慢してください」と言われる。子供みたいだ。そして、金をかけて検査を行い、しかも叱られ、緑内障の可能性が当面はないということがわかった。目に霞をかけたまま職場に戻る。調子が上向こう筈はないが、パソコン画面との相性はそれほど悪くなく、仕事の遂行自体に問題はない。『品川区の史跡散歩』を読了する。火葬場で著名な桐ヶ谷の浄土寺墓地に柳亭種彦の墓があるとのこと。今度行ってみよう。夜になっても右目に霞が少々棚引いている。

違和感はひとまず青にしときましょうお持ち帰りの眼球なれば

×月×日（ヘラシギ）

品川から東海道線の普通電車に乗って熱海へ。車中、久保純夫句集を読む。熱海についてすぐにルロアへ。道に迷って店に電話する羽目に。時間はかかったがパスタもパンもうまかった。午後は起雲閣へ。熱海には数え切れない程来ているのに、ここは全くノータッチだった。谷崎だの志賀だのが宿泊したとのことだが、私はあまりそういうことには琴線を刺激されない。自宅と違って、作家の個性が部屋に反映するわけではないし。本人や関係者には懐かしいだろうけれど。ひと通り見てから伊豆山の宿に直行。全行程を歩く。容易に想像がつこうというものだが、道中の空気が至って悪い。特に熱海駅前から伊豆山に行くまでの道。観光客どころか、通行する人がほとんどいないのに比して、車は大型車も含めて引きもきらず。なかなか辿り着かずうんざり。宿は、事前に見たパンフレットの写真が醸し出す雰囲気とは微妙に異なってかなり古風。とりわけトイレの床。子供の時分よく見かけた、ペイズリーのなり損ないというか歪んだ台形というか、専門的には相応の名称があるのだろうが、何といっていいのかわからん柄のタイルが、一面藍色に敷き詰められていて、見ているだけで寒い、が懐かしさは捨てがたい。芳香剤も昔風で、温泉に来たというより過去に来た感じ。昭和が残っているなあ。大浴場はほどよく狭い。宿自慢の「走り湯」が高温でとても入れない。

僕たちの居場所に寒いフルートが先回りして置かれてました

×月×日（ミユビシギ）

再び渋谷に。今日は花粉症の診察。診察はすぐ終わり、すぐ終わりすぎるぐらいで、これでは休みを取るまでもなかったか。東急ハンズ前のカフェで、ハンズの開店を待つ。店を出る間際、突然大音量で火災報知器のベルが金属的な音響を撒き散らし始める。店員が平気な顔をしているので何ごともないのだろうが、そういう建物の維持管理ぶりそのものが心配になる。お約束のようにブックファーストにも潜りこみ、『笙野頼子三冠小説集』を入手。帰宅してみると人間ドックの結果が届いていた。「眼底に異状、緑内障の疑い」などと書いてある！　今日出かけたばかりの病院に大慌てで予約を入れる。困ったものだ。イーグルトンの『文化とは何か』読了する。どことなく漫談風なので、読むのにそれほど苦労するわけではないが、結局、内容にはついていけてない。

その先は霧で見えない如月のぬるぬる赤い消火栓かな

×月×日（オバシギ）

雪が降りそうで降らない日曜日。昼過ぎ、急に思い立って馬込周辺の史跡や変なものの写真を撮ることにした。まず久しぶりに馬込原生林に行く。私有地だから当然だが、フェンスで囲われていて中に入れない。その点を含めて、高校生の頃に初めてここに来た時と見た目はそうは変っていない。しかし、以前は感じられた湿気、包み込むように漂ってくる赤土の湿り気が、弱くなった気がする。もっとまとわりついてきたはずだ。赤土の呼気をもっと嗅ぎたい。今でも時折、工事現場では掘り返された土が、最後の呼気を私たちに届けてくれる時があるが、土の匂いならいいというものではない。赤土じゃないとだめ。ただの土は埃っぽくて熱い。そもそも掘り返されないと香ってこないから、工事現場なんかでは壊された古家の柱臭さの方が勝ってしまう。赤土の呼気は冷たい。生きている赤土の呼気は冷たい。原生林の写真は撮影せずに萬福寺へ。萱葺きの山門は初めて見るが、修理中なのか、網が被せられている。門前は広場のようになっているが、なんというか、広場になりきれていない風情で、ほほえむ。蚕の繭の匂いがする。臼田坂通りを横断して長遠寺の脇から南坂を経て、内川が開削した西馬込の谷に出る。東京都交通局旧馬込検修場跡に向うトンネルの出口付近、既にレールが剥がされている。元来が滅多に電車が走らない区間であり、開かずの踏切をもじって「閉じずの踏切」などと揶揄した覚えがある。時節柄、梅屋敷公園の梅の蕾の膨らみ具合などを確かめたくなって、西馬込から地下鉄に乗車する。最盛期百本を数えた梅屋敷公園の梅も今や三十本。隣接する京急の連続立体工事のために敷地を割譲したのだから仕方がないが、公園そのものが貧相になってしまった感は否めない。さらに痛々しいのは、狂歌や俳句を紹介する掲示板が汚れていることだ。中には碑面を削られている歌碑があって苦しい。当地は近世より梅の名所だけあって「おや」というような著名人が訪れているというのに。痛ましい気持ちを抱えたまま大井町の古書店、明理書房に立ち寄る。『水原秋桜子句集』と横光利一『機械・春は馬車に乗って』を購入。文庫以外はさして見るものがなかった。昭和三十年代ぐらいの文芸春秋がたくさんあるので買い取って欲しいというじーさんが店主とかみ合わないやり取りをしていた。おじーさんは耳も多少聞き取りにくくなっていらっしゃるようだ。聞き返す場面がしばしば。しかもおじーさん、「故物商なんだから、古物なら何でも買うんだろ」とナイーブにお考えの模様。「雑誌はね、欲しいという人がたくさんいるようなものじゃないと、古くても買うとは限らないんですよ」と店主は押し返すが、おじーさん不審げ。老いの一徹、勢いは負けない。見にこさせれば勝ったも同然と思ったか、「見に来て買い取れないとなったらただで持っていくんだろ」みたいなことを言う。店主は大急ぎかつ大声で「こちらも商売でやってますんでね。ごみになるだけなのでそういうものは持ち帰りません」。やり取りを二十分ばかり聞き入ってしまった。そういえば納豆ダイエット、捏造と云々。ほらみろ。

いりません吉田一穂まで行けぬハンドル・ブレーキ兼備の自転車

×月×日（コオバシギ）

帰京してから体調がいまいちに推移する中、昨夜から喉の具合が急激に悪化。ざらざらして痰が絡むようでいて、痰の実体がないような変な感じだ。早朝からかかりつけの歯科医に診てもらう約束があるので仕方なく出るが、だるいし、苦しいしで一度断念しかけたが、歯も痛いので諦めて先を急ぐことにする。診察の結果、歯は奥歯が虫歯、差し歯はどこからか雑菌が侵入して脹れているとのこと。レントゲンを三カットも撮られて画像診断料が汗だ。しかも施術が痛い。後を引きそうな顔つきだったのだろうか、抗生物質や鎮痛剤を処方されて解放される。職場に着いてからは一転熱っぽくなる。昼頃、頭に血が昇ってしまったようになって容態が急変。先行きに黒雲が漂うも、午後は脳から次第に血が引いていく感じで、悪いなりに状態は安定していく。明日休みたい。休んで多和田葉子『ヒナギクのお茶の場合』を一気読みしたい。何だかんだ言って一時間残業する。京都にいるときは「俳句スイッチ」が入っていてあれこれ詠み出していたのが、帰京した途端に予告なしに切れる。何も出てこない。反動がついて短歌も出てこない。今日は寒いのでもう汗は省略。

鉛筆のお尻に付いた消しゴムは脳の分身なのね、重たい

×月×日（サルハマシギ）

神戸へ。京都駅のコインロッカーに荷物を押し込んで新快速で三宮へ。ここから阪神電車で岩屋へ戻る。岩屋は半地下構造の駅だが、肝心の兵庫県立美術館には駅から浜辺に向けてくだり降りて行く感じ。埋立地風の真っ直ぐで荒っぽい造作の道路を、脇目も振らずに美術館へ。企画展がいかにも人気ありげなのにも関わらず、鼻息も荒く「常設展の券をくれ」みたいな勢

いで乗り込んだので、窓口の女性が「常設展でよろしいのですか」と怪訝そうに聞き返してくる。浅原清隆の『海を見た』、現物をつぶさに見るとトロンボーンを格納している木箱が深い紫色をしており、眼を近づけるたびにその不可思議の色合いに引きずり込まれる。おおよそ二十分は飽かず眺めていた。画面左下の人影らしきものの淡さも好き。展示されていなかったらどうしようかと思った。近時稀に見る至福の時間。往路には気にならなかったのだが、新快速のスピードに体がついていっていない。この区間、二十代のころ乗っているのだが、ほんの一駅程度だったので初体験といってもいい。駅名標を確認しようと思ってもなんて書いてあるのかまったくわからないまま電車はあっという間にいくつもの駅を通過してしまうのだった。動体視力が落ちた、おお汗。それはそれとして京都に戻ってからは南禅寺へ。小雨。傘を差すまでもないほどの。雨の南禅寺というのは、水路の脇に立つだけで身体が大気に刷り込まれていくような感じがする。宿に戻る途中、三月書房に立ち寄ると、さいかち真さんの『東林日録』があった。背が少し汚れている。今まで、どこに隠れていたのか。ここ以外で買えるものではないと思われるので、もちろん購入。夜、四条大宮の定宿で藤枝静男の『田紳有楽』を読む。面白すぎて、どこで区切りをつけて読みやめればいいのかわからない。

眼に見えぬ神戸一帯ありぬべしホームと電車に隙間のあれば

×月×日（テクノカモメ）

自宅に檀那寺から電話が入る。卒塔婆を書き換えるから来いとのこと。母に言い付かった私が行くことになる。行った先はしかし寺ではなく、○○酒店の前にある、中学校時代の同級生、カンノの家だ。成績優秀で、他人を馬鹿にする奴。とりわけ私を小馬鹿にするいけ好かない奴。許すとか許さないとかではなく、目の前にいて欲しくない奴だ。あの野郎の家は、寺院の出張所のようなことをしていたのだ。カンノの母が出てきて、俺の顔を見るなり委細承知しているとばかりに何も書かれていない卒塔婆と、手のひらにちょうど収まるほどの大きさの平べったい礫を俺に手渡す。卒塔婆と礫の両方に祖父の没年月日、時間、法名、俗名を記入せよという。書き換えは俺がやるのだ。書くものがないので貸して欲しいと言うと、カンノの母は「じゃあこれを」と言って随分と使い込んだ風情のボールペンを一本、俺に寄越す。木や石にボールペンで字が書けるのか、と思ったが、そもそも書くべきことが私にはほとんどわからない。祖父について知っていることは俗名だけだ。携帯電話で母に連絡を取るが、電波の状態が悪い上に、母の受け答えは全く要領を得ない。腹立たしくなり、どうせ歩いて数分なのだからと、卒塔婆や礫を置いて自宅に戻ることにした。子供の使いだと思ったが仕方がない。帰宅途上、踏切があって、産業道路─小島新田間の風景によく似ていたので、あるいは羽田ではなく、「俺は川崎に住んでいたのかもしれない」と思い始めた。踏切が鳴り出し、トラックが何台も連なって電車の通過を待っていた。いかがわしい教義や実践で悪名高いある宗教団体のトラックだ。死んだときの状態を独自の方法で「現世に固定」して半永久的に保存し、その有り様を人々に展示し、現世の無常を、そして彼らが主張する理想の王国の正当性を理解させるという過激な行動が売り物だ。そのような教団の目的に沿うには異常な死に方をした死体の方がふさわしいことから、「展示物」はどれを取っても酸鼻を極めたものばかり。当然ながら社会的な問題になっている。東京近辺にはあまり出没しないと聞いていたのだが。トラックの荷台は確かに死体らしきものでいっぱい。死体なので丸坊主で丸裸だ。足は茶色く変な形に折れ曲げられ、腕は真っ白く中空に伸ばされている。折りしも強い雨が降り出し、死体に当たって跳ね上がった雨粒が俺の頬に飛び掛ってくる。この場所に落ちたというだけで最早ただの雨ではない。拭うものがない。親指の背で雨粒を弾いたが、呑川河口の臭いが俺の頬から漂ってきた。

閉め切れば却ってにょろにょろ漏れいずるその勢いが憎い夜明けの

×月×日（ハマシギ）

ちょっと寒い。午後から人形町へ。駅の階段がかなりきつい。ああ馬齢か。祭りがあるらしく、人形町通りが箱崎まで通行止めになっていた。まず谷崎潤一郎の生誕地を拝んでから水天宮に。門前（というか門下？）の駄菓子屋で「UFOチョコ」を買う。ガキの頃よく食った「チョコバット」が平べったくなったようなもの。安物くさい焦茶色をした「UFO」が七八枚も入っていて、それだけでかなり嬉しい。四五年前なら一日で食い尽くすことを保証できたが、まあ今では無理。馬齢には馬齢の食い方というものがある、苦しゅうないわ。甘酒横丁は雰囲気が神楽坂に少し似ている。でも神楽坂は若者が多くて微妙に浮き足立ったところがあり、それもまた一興なのだが、ここにはそういう感じはなくて、晴れた冬至の午後二時みたいだ。横丁を歩きつくすと運河跡に出た。浜町との境。ここから反転して、あちこちの路地に無目的に潜り込みながら、今半の本店前、堀留町、小舟町を経て埃っぽい江戸橋に出る。夜になって右の奥歯が急に痛みだす。冷水にしみるのならわかるが、温水にすら痛む。これはあかん。まだ開封さえしていない「UFOチョコ」、はや先行きに黒雲が棚引く。汗。そういえば『黒い時計の旅』、かつて福武文庫にラインナップされていたようである。

埴輪。たいがいのことはがまんして夜になったら立ち去るだけの

×月×日（ウズラシギ）

エリクソンの『黒い時計の旅』を読み始めるが、冒頭からしばらく、何のことだかわからない。舞台がニューヨークに移ると少し霧が晴れてきて、しかも高飛車な感じの文体が私好みなので面白い。もっともこういうのを昼休みに読むと、仕事用に頭を切り替えるのに時間がかかるから困るな、と小説のせいにする、汗。ま、欲かいて仕事していたせいか機械が私のおちゃらけぶりを見逃さず、午後はすかさずエラー表示連発でキツイ仕儀に陥る。人間味のある機械様で困ったものだ。そんなら明日は人形町に行こうっと。

そうは言っても銀河の冴えた一郭に生まれたのだよこのピータンは

×月×日（ヒバリシギ）

うす曇り。神保町のマンダラでカレーを食うと言う眼目でまずは出かける。私たちを含め、ここは男女二人連れが多いよな。カレーはあっという間に平らげる。食後、日本堤の馬肉店に行くことにする。でぶ屋じゃあるまいに食い意地が張ってるのう汗。日比谷線の三ノ輪橋から十五分ほど歩いて漸く日本堤へ。以前墨田区役所に三ノ輪橋から行ったことがあり、道筋に初物感はない。とはいえ、吉原大門の見返りの松は初見。近時こういう「遺跡・痕跡モノ」に目がない。それらしい案内板みたいなもんが街中にあると、蝿みたいにたかってみる習い。以前は鉄系の痕跡モノが好物だったわけだが、近年は従来型の遺跡にも幅を広げたわけである。というか、馬齢を重ねるうちに鉄の信条が変質して、とっつき易い地域の歴史・史跡に吸い寄せられたというところかも。さて、馬肉店並びの天ぷら店にすごい行列。土手通りには他にも二軒、馬肉を商う店があるようだ。街道沿いの古臭い店の佇まいに好感、いずれ食したく思う。近くなので、新造間もない一葉記念館にも行く。展示内容が思ったより多く、飽きない。というか、説明文の字面を全部読むのが面倒なぐらいだ。まあ馬齢だしね、汗。おはぐろドブの痕跡を探してみたい気もあったが、日が暮れて来ていたので他日を期す。小野正嗣『森のはずれで』を読了する。

約束よ。こいだぶんだけブランコが真夏にもどれるように、するの

×月×日（トウネン）

雨。連日なので腐りそうだ。今日はほとんど残業もなく、ＪＴＢに立ち寄って京都の予約な

どする。種村季弘師の『江戸東京《奇想》徘徊記』読了。吉原の桜鍋を食いたくなった。それ以上に驚いたのは「池袋モンパルナス」の章。反体制画家・高山良策のエピソードが出てくるのだが、この人、ペギラやカネゴンの怪獣モデルの原作者だというではないか。昨日そのペギラとカネゴンを飽かず眺めていたばかり。何という偶然か。絵の方はシュールレアリズム系だというのでそれも極めて関心を惹く。タネさんによると練馬区立美術館で「高山良策の世界展」が開かれたというので、練馬区ゆかりの作家なのかもしれん。今度行ってみよう。銅版画の清原啓子を擁する目黒区立美術館といい練馬区美術館といい、当地にお住まいの方々羨望。

百回やれば百回失敗する猫ならんそれでも路地に日が射してきた

×月×日（キョウジョシギ）

　またぞろ朝っぱらから京浜東北線が停止。今回は置き石だの人身事故だのと原因が複数に亘る。いしいひさいちの初期の漫画に、咬みつきそうな顔をした電車が、線路に置かれた石を力任せに吹っ飛ばして疾駆するというのがあった。安っぽい怒りの表情なれど、何となく忘れられずにいる。夜八時過ぎ、千島列島でマグニチュード八の地震あり。「ためしてガッテン」を放映中に突如津波警報の発令を告げるアナウンスが割り込んできて驚く。津波の高さ二メートルというのはタダ事ではない。北海道のオホーツク海沿岸はどうなっちゃうのかと思ったが、それほどのことはなかった。

コーヒーにミルクを入れすぎた朝の万有引力いいかげんにしろ

×月×日（タゲリ）

最近、通勤時に鼻が痛くなる。鼻の奥が焼けるように痛む。呼吸が大儀になって口で息をする。思えば高校生の頃から、かような仕儀に陥ること一度ならずあった。夏には起こらない。また、電車内や屋内に入ると魔法が効いたように収まる。冬の乾燥した空気と関係があるのだろうか。帰路、八重洲ブックセンターに。『文学賞メッタ斬り』を購入。先に『リターンズ』を読んで非常に楽しかった。これもすぐ読み干してしまうだろう。ＮＨＫの「クローズアップ現代」で、若者が漢字を知らない、と怒っていた。テレビには極端な例が取り上げられるのだと思うけれども、「なんだそんな程度の言葉も知らんのか」と呆れる自分の教養人ぶりが後から思うと我ながらおかしい。知っているといったって漢字だしな。ところが、連れが何を思ったか「動物を表す漢字を含んでいる都道府県名四つを全て挙げよ」などと言い出し、チャレンジするものの、最後のひとつが出ない。さらば、と四十七都道府県をすべて書き上げ始めるが、本題と関係のない山形、埼玉、奈良がなかなか思い出せず難儀する。肝心の「最後のひとつ」は熊本だったのだが、書き上げの際は最後まで出なかった。一旦諦めて、気分を変えるべく布団を延べていたら思い出した。なんなのこれは。教養がないというか社会常識に欠けるというか…。数日分の汗を出し切った感あり。

ど忘れの度にいささか重くなる僕の回りのひだまりガスが

×月×日(チャバタケツグミ)

蒲田駅から羽田、糀谷方面に延びる路面電車の系統は、七辻経由が百一番、萩中経由が百二番、六郷経由が百三番といきなり百番台から始まっているのが特徴で、東糀谷六丁目行きは百十一番、森が崎行きは百二十一番、大森東五丁目行きが百二十二番となっている。以前から糀谷方面には空き番号がたくさんあるなあと思っていたのだが、先日の春彼岸に合わせて羽田の実家に帰る際、蒲田駅の停留所で系統番号表を見て驚いた。いつの間にか、「百十二番　糀谷三好町行き」という新系統が追加されていたからだ。四十年以上大田区に住んできたが、糀谷三好町という地名を聞いたことがない。最近、画一的な住居表示を止めて旧地名を復活させる試みが都内でも行われているというのは聞いたが、これもその同類なのだろうか。そういう点を踏まえて察するに、「三好」というのはおそらく旧字名なのだろう。路線図を見ると、蒲田停留所を出た後、南蒲田で他の系統と分岐して、古道、境内、海岸通り、岩場、糀谷三好町と五つしか停留場がない。停留場の名前も、いささか大田区にそぐわない感じである。実家に早く着いても仕方がないし、糀谷から羽田なんて歩いて幾許もないので、件の三好町に行ってみることにした。蒲田停留場は石造りの簡素なホームが二面ある。待つこと三台目に糀谷三好町行きが入線してきた。焦茶色の車両で、正面に丸くて大きな前照灯が一つ。使い込まれた風情が漂う。都電の何千系だったか、古いタイプの車両に似ている。あるいは中古品を譲り受けたのかもしれない。プラットホームに黄色い文字で舗装された「三好町行き乗車位置」で待っていたのに、車両が私を通り越すので不審に思ったが、この電車は、乗降口が車両の中央部に一つあるきりだった。これでは朝夕の混雑時には相当使い勝手が悪かろうと思った。乗り込んだ乗客は私一人、後続の車両がすぐ後ろについていたせいもあるのか、すぐに発車した。乗車して気づいたのだが、車両は木製だった。ワックスが塗りこまれたらしい木の床から、昔の小学校の匂いがした。電車は低速のまま国道十五号線を横切ると、糀谷駅に向う直線の専用軌道に滑り込む。ややスピードを上げるけれど、横揺れが感じられるようになっただけだ。車窓の光景は畑と住宅のパッチワーク。相変わらずのんびりと背後に押しやられる。ごつごつした音がするので最後部の高窓から見下ろすと、電車は水路を小さな鉄橋で跨いだ直後だった。六郷用水の南の末流に違いない。既に使命を果たした用水は区内全域で暗渠化の真っ最中。ここでも工事が線路のすぐそばまで迫っているようで、湿った土の匂いがした。線路脇には一抱えもありそうな真っ白な土管三つか四つ、カヴァドンの居眠りのように並んでいた。その脇を通り過ぎると、電車は左に緩やかにカーブした。三好への分岐だ。電車は木立の中を走りぬけ、古道停留場に辿りついた。ここからは区道との併用軌道。運転席の真後ろに張り付いて、前方を凝視だ。古道を出て幾許もなく、電車は急に徐行し始めた。最徐行。速度計を覗きこむと七キロほど。その速度のまま、どうやら寺の境内を走っている。今度は線香の香りが車内に立ちこめてきた。そうだ、境内という停留所名は、そういえば何となく記憶がある、区内でも有数の浄土宗の古刹、それだ。でもなぜ徐行するのかわからない。水場のあたりでかなりきついカーブを曲がる。井戸から細長い竿が飛び出している。およそ一メートルぐらいか。竿を手繰って桶を引き揚げ、冷たい地下水を汲みあげるのだ。でも誰もいない。だめになった仏花の捨て場が見えた。菊ばかりだろうと思ったら菖蒲みたいな花も萎れていた。白ばかりだろうと思ったら黄色も目ざとく混じっていた。鉄の削られる音、匂い、熱感。気づいてもらえただろうか、彼女に。あの日、猫のように背中に熱を持っていたことを。たぶん、このお寺の境内は広大なので、参拝客、墓参客が随時電車に飛び乗って移動できるよう、便宜を図っているのに違いない。海岸通りの停留場は、ごみ集積場のすぐそばだった。幸いなことに収集は終わったようで、あまり匂わない。思うさま狼藉を働いたという顔をしたカラスが、ガードレールに乗っかったまま私を見ていた。漁協の詰め所のようなコンクリート製の建物から、麦わら帽子を被った爺が出てきて、カラスを追い払った。正岡子規だ、と思った。

捕まったときの仄かな香りかもしれない夜明けの冷えたいもうと

×月×日（ケリ）

近所の古本屋が店を畳んだ。近くにブックオフを彷彿させるやや大き目の古書店ができたが、それ以前から開いているんだか止めたんだかわからない状態になっていたので、あるいは「河岸を変えた」ぐらいのことなのかもしれない。閉店の口上を書き連ねたハリガミもないし、撤退後はシャッターが降りているだけ。後日談の仕入れようもない。若い店主だったし、こういう業界のことであるから徐々に出店地をグレードアップさせて最後は神保町に開店、という上昇物語もありそうな気がする。でも、街場の古本屋に餓えている当方としては、もし北馬込での開店が階梯上昇の一局面に過ぎなかったのだとしたら若干寂しいものがある。この店では文庫本ばかりだったけれど、以下のような本を買った。今野圓輔『日本怪談集　幽霊編』、永井荷風『花火・雨瀟瀟』、高見順『死の淵から』。

かさぶたにさよならすべしもう二度と買えない夜と埃の匂い

×月×日（ダイゼン）

久しぶりの休日出勤。先週の足痛騒動が尾を引いてしまった。庁舎内は山の辺の道なみに暑かろうと相当の覚悟をして出かけたのだが、扇風機を「強」にして回し放しにしたら意外と快適。扇風機、いい加減古物なのにね。しかし仕事は一向に捗らないのであった。大どころは押えていたはずが、やはり詳細に見ていくと随所に深い深いクラックがあって私を試そうとするからやなの。午後からは来週の説明会に備えて喋るべき内容を文章化する。今ごろか。二三日前に着手するんで間に合うのか若干不安。三時でお終いにして、某整形外科へ。先日とは医師が違い、診察がスッゲーおおざっぱ。カルテ、ちゃんと読んだのかよ。薬ももう不要と断定される。元を糺せば胃潰瘍の薬なので、軽くなった以上いつまでも飲んでいていいものではない、と。一理あるし、その場では納得したものの、会計時に事務の女性が「え、薬貰わないの？」などと心配そうな顔して聞いてくるからやなのー。急に不安になり、何となく痛い、みたいな…。でもまあ平気だ。山内進『正しい戦争という思想』読了。よくわからないこと多し。でもシュミットの反正戦、無差別道徳論の洞察力、すごいと思う。わかったこともある。国連のしくみが少しわかった。今ごろか、汗。

構わないから、出来損ないのへっちゃらを枕に詰めてひとつおくれよ

×月×日（ムナグロ）

昨夜来、突然右足の付け根に激痛を覚える。眠れないぐらい痛い。仰向けになっても、伏せても、横を向いても痛い。さらには寝返りを打つ途上で猛烈な痛みが発生するのでどうにもならない。おまけに起きようとすればこれまた思い出したくもないような痛みが。四苦八苦して布団を畳むも、階段を下りるのに手すりに取りすがる。さすがにこれでは仕事にならんので休み、区内の某整形外科に行く。レントゲンの結果は股関節炎ということに落ち着く。関節に石灰が沈着したというのだが、ある胃潰瘍の治療薬がそういう石灰を飛ばすのに好都合で、なぜそれで石灰が飛ぶのか理由はよくわかっていないのだが、飲めば軽快しますよというものだから、処方してもらった。痛くて仕方ないが、診察を経ると一応気持ちが落ち着き、「痛いのを我慢したのだからご褒美だ」ぐらいには気が大きくなって、帰路、荏原町の書店で『鉄道の科学』を買った。まあ、どういう理由があろうといずれは買うんだけどね。こうやって痛みのたびに本の山、汗。再び四苦八苦して布団を延べ、横になる。折角なので読書するぞーと思って『正しい戦争という思想』を読み始めるが、案の定、寝入ってしまった。

いつの間にか機雷になっていることがあるかも体の四隅の青葉

×月×日（オオメダイチドリ）

雨。台風接近により、未明すごい大雨。奈良旅行中は日照りに喘いだ桔梗たちも大助かりだな。だるい気分のまま一日を過ごす。午後、『新唐詩選』読了。通して読んでみると、司馬遼太郎の手癖を感じさせる何やら勿体ぶった吉川の文章の方が、よっぽど三好達治のものよりわかり易い。なんだか軽くがっかり健康法だな。亀石とか、鬼の雪隠の冷や冷やした質感を想像しながら昼寝する。

旅人になればあなたの肩越しにおやすみなさいを言える気がした

×月×日（カザシモトキ）

小中学校時代の友人T君と、馬込二本木坂を登り切ったところで偶然出会う。彼は珍しい姓で、同姓は東京で五世帯しかなく、すべて親戚だという。再会は、何年ぶりだかわからない。昔に比べてずいぶんにこやかになっていた。彼が言うに、二本木坂から同じ大田区の鵜の木に出るには、最近いい道ができて短時間で行け、便利になったという。そもそも大田区というところは、宅地開発もまだ中途であり、随所に武蔵野のイメージそのものと言っていい疎林や畑地が残されているが、馬込から鵜の木に至る台地一帯というとりわけ人口集積も少なく、要するに田舎である。おまけに小河川が刻んだ意外に深い谷が方々に走っており、ひとくちに道路を通すといってもそれは相当な苦労があったろうと思う。T君は理系の人間なので、どういう会社に就職したものか知らないが、あるいは道路づくりにも勤しんでいたのかもしれない。T君によれば、工事の難所は鵜の木付近の台地が多摩川の低地に開けていく崖がちな付近であって、かねてから有名なあの大きな池のあたりだという。なにぶん周囲に人が住んでいないので、池の水は冷たく澄んでいるのだが、池を擁する古寺が相当前から無住状態で、荒れる一方だったらしい。今夏の大雨の数日後には、周囲の山野からの湧水が一時に池に流入して溢れ、工期延長を余儀なくされたともいう。苦労話のわりにT君が楽しそうに喋る中にも、とりわけ表情が輝いたのは池の傍に設置されていた自動販売機に触れた時だ。なにしろ無住の古寺なので、自動販売機本体が大昔のものをそのまま使用しているそうだ。売られている品物も当然古い。全て冷たい飲みもので、缶の容量は250ミリリットル。スプライトの缶のデザインは販売開始当初のもの。あろうことかファンタゴールデングレープがまだ売っているというのには驚いた。「そう、しかもプルトップなんだ」T君は自慢げに言う。「集めてただろ」。そう水を向けられれば黙ってはいられない。買ってもらったばかりの自転車に跨って、それでは鵜の木に行こうと坂をくだり始めた。

鵜にしたらええんのとちゃうこの次の異動希望の第一候補は

パン

×月×日（メダイチドリ）

毎月CDのリストを郵送して来る某ユーロロック専門店から通告がある。すなわち、過去〇か月間にリストによる通信販売を利用しなかった顧客には、所定の手続きを取らなければ今後リストを送らない、と。会員を継続するためにはしかるべき手数料を送るか、あるいは商品を購入するか。かような事態はしかし初めてのことではない。そうそう頻繁に買えるもんでもない。かつてこのような仕儀に至れば、適当な新譜を見繕って買い込み、顧客としての地位を維持していたものだが、今回はやめた。就職してから購入したプログレ系統のCDは、きちんと数えたこともないが、おおよそ百枚ぐらいか。その八割以上は通販で入手。もう充分かなという気分はある。今後は、店に行って、まさに売るほどあるCDを一つひとつ手にとって、その質感を楽しみながら買うことにする。同じ一発勝負をかけるんでも、一度手に取った奴だと、納得感が違う気がする。正直に言うと電話して商品の予約をしたり、現金書留で金を払うのといった手数が煩わしいというのもある。加齢したのだ。汗。商品の質感に賭けようというあたりもそういえばやっぱりアナログ的。さとて、ラッシュの「ジ・アナログ・キッド」でも聞くか、再汗。

蹴られたような断念のあとハンカチを揉んで畳んで影はなくす（嫌だ）

×月×日（シロチドリ）

五反田の内藤酒店で焼酎を買う。中原幸子『以上、西陣から』読了。いいですね。相変わらずうまく説明できないが、読んでいて元気が出る。創作しようという気力が萎えかけているときに読んだのでずい分力づけられました。私も中原さんのように世界を感受したい。もっとも、結果を中原さんと同じうしたい、ということではないけれど。感想文を書いて迷惑を顧みず送ることにする。

ひょい、ということが大好きおでん煮る
おにぎりと私の下に山眠る
うん、いいよ。余寒もいいいよ屋根の上
ひとりごとなんかも供養西瓜割る
と、思ったらもう出目金のうごき出す
満場ノ悪党諸君、月ガ出タ

中原幸子

そうそう、バックミュージックはムーンライダーズの「トンピクレンッ子」だね。

鉄分ト立夏ヲ溶イテマダ少シ苦味ガ足リナイ珈琲ナノダ

×月×日（イカルチドリ）

深夜、二階の雨戸を閉めるためにガラス戸を開けたら、感潮河川の匂いがした。

×月×日（コチドリ）

梅雨明け。医師の日野原重明さんが勧奨しているうつ伏せ寝にチャレンジしてみた。一晩だけで結論を出すのは早いかもしれないが、私には向かない模様。腰が張っているし、枕によだれを垂らして目覚めるから。「最初のうちは腰が張るんだがそのうちよくなる」とか「仰向けに寝てもよだれは垂れる」とか言われそうだが、汗。午前中、だるい菌が体じゅうに蔓延。それでも渋谷へ。国連大学のあたりまでふらふら歩き、「上州の豚屋」でトンカツカレーを食う。いやこれが大当たりだった。カツの揚げ具合がよくて、ソースをかけなくても食えちゃうぐらい。往復の車中で『ウェブ進化論』を読了する。やっぱ人間さま、新しいもんを受容しなきゃダメなんだって。一九七一年以前に生まれたヒトは保守化しちゃうんだって。

ま、小汗かな。

ありえない話ではない踊り場に僕を見下ろすカネゴンの………

×月×日（ハジロコチドリ）

日経を読んでいたら坪内稔典さんのエッセイですごい句集が紹介されていた。中原幸子さんの『以上、西陣から』。引用されていた歌が非常に刺激的。池田澄子さんの『空の庭』を読んだときの衝撃に近いけれど、微妙に違う。でも違いをうまく説明できない。似ているところは、吹っ切れているところかな。稔典さんもよい句を選んでいるのだろうがとにかくいい。このテンションで一冊を押し通していたら神業だ。そうであって欲しい。買うぞ。

Le femme 100… とか言いながら通過する電車があれば乗せてよ

×月×日（ミヤコドリ）

ヤフーの野球ニュースを携帯で見ていたら、「金田氏超えへ、球児云々…」というリード文の記事が配信されていた。「球児」というのはタイガースの藤川だとすぐわかったが、なぜ藤川のことで「金田氏」が「超」のつくほど「えへ」ってしなければならないのかはよくわからなかった。プロスポーツの世界で先人の記録を塗り替えると言うのは大変なことなのだなあ汗。

さてそれはともかく、昼から神楽坂へ。ルバイヤートが目当てだったのだが、やってない。ここは夜しか開いていないのか。土曜日の昼は営業して欲しいところ。じゃあ、ということです

ぐ目の前のカンティーナ・フィレンツェに。小さい店かと思ったが奥行きがある。内容もよい。

次は夜だな。食後、坂を下ってアグネスホテルに行ってみた。落ち着いた風情は好ましい。しかし、ホテルへのアクセスルートの雰囲気がよくなかった。東京理科大周辺の住居四、五軒が一見して無住。建物が古くて傾いている、というのではなく、人の手で管理されている形跡がない。再開発待ちなのかもしれないが、どうしても一帯には生気に欠けた気配が漂いだす。「えっ、この道でいいのかよ。袋小路なんじゃないの」って感じだ。廃墟マニアの目つきは輝くかもしれないが。もっとも、この神楽坂からのアクセスルートは「裏参道」であって、外堀通りからのアクセスルートが「表参道」なのかもしれない。帰宅してみたら桔梗が一気に七、八輪開いていた。

面と向かって言ってしまったバナナには木造もあり、鉄造もあると

×月×日（オオバン）

浅野まり子さんから頂いた『秋冬の賦』を読み進める。バックミュージックはジェネシスの「アンダートゥ」。

杏の花背景に置く黒白の映画身に沁む昭和去りし夜　　浅野まり子
若い親から生まれたかつたと呟く子に応へずに食む冬の苺を
たつぷりと霧を含める太郎杉影重く曳く月下の山に
うつかりとつけし地表の掻き傷が月牙泉とぞそんな神様大好き
天に高く地底に深く人群れていつか球型とならむ東京

一首目、初句の「杏の花」が強い印象を残して、黒白のはずの映像にささやかな抵抗を企てている。白黒と言わず黒白なのも意味ありげだ。杏の花がとても大切なもののように感じられる。二首目。初見の印象は、「子供というのはおかしなことを言い出すものだ。おそらく私もそうだったのに違いない」程度。二読以降に読みどころが変わった。「応えずに食む」ところが肝要なのだ。苺を噛み砕いたり、先割れスプーンでざくっと刺し貫いたり、あるいは練乳漬けにしてスプーンの背でで押しつぶしたり、そういう強い感情を歌の中に持ち込んでいない。そこがこの歌の強みなのだと思った。最後の歌は「球型」という言葉がいいな。天上に大深度地下に、気ままに膨れ上がっても表面張力が効いてなんとか持ちこたえちゃう東京、なんて楽観的な解釈をしてしまった。「球型」という言葉の持つ「徳」、なおかつこの言葉を選択した浅野さんの徳だと思う。よりネガティブなイメージの言葉だったら、ありがちな文明批評（東京批評？）の歌だと割り切ってマルも付けずに通過しちゃうところだったかも。

夜明けまで銀河であった証拠などないよほどけて消えてしまった

×月×日（バン）

エレベーターで二十九階から一気に地上まで、重力を下半身にしたたか感じながら落ちていく夢を見た。目覚めの瞬間が最も疲れていた。やだなあ重力の感覚に訴える夢は。近時食いたくて食いたくて仕方なかったコンビニ製焼飯を食ってから池袋へ。いやあ、しかしながらそこまで激しく希求するほどの味ではなかったよ、チャーハン。まっすぐジュンク堂へ。鉄道コーナーで『鉄道未成線を歩く　国鉄編』を買おうかと思ったが、『私鉄編』を読んだ直後のドライブ感が持続しておらず、「ま、いいか」なんて感じで手にとって数ページ繰ったりはするものの何だか気乗りしない。結局『大人の遠足　奈良』と『大牧広句集』を買う。藤田湘子さんのも買いたかったのだがなかった。エレベーター降下の感覚、夜になっても残っていて、尻尾ができてしまった気分。

浅ましや猫の気分で起きだしてすぐに歩いて帰ろうとする

×月×日（シロハラクイナ）

昼は恵比寿ガーデンプレイス三十八階のうどん屋、「おんどん」でジャージャー麺風の冷やしうどんを食う。その後、ワインを数本買う。そして平穏無事に帰宅。しかし本当は別のものを買いたかったのだ。ここ数か月間、最も買いたいものはジョウロ。あの平べったい先端から、幾筋もの細い水流がちろちろとちょっと情けない感じで滴りだすのがいいんだが、ホームセンターに買い物に行くと懐かし系の駄菓子（どぎつい赤や黄色のセロファン紙にくるまれたラムネとか、ビニールの袋にぎゅうぎゅうに押し込まれたアンズと称する怪しげなお菓子とか、端材で拵えたらしいぺらぺらの木匙で掬って食う、いささか酸味のあるクリーム菓子など）に気を取られて、肝心のジョウロをいつも失念する。いつまでもペットボトルで灌水するというわけにはいかない。今日こそ忘れまいぞと気合をこめつつ、まずは別口の買い物、と段取ったのがいかんかったのか。仕方ねえな。駄菓子でも買いにいくか。

雨後の空それでもラムネを一個二個恵んでもらったように明るい

×月×日（ヒクイナ）

夕焼けが見えながら雨が降っていた。帰路、大井町で久世光彦『百閒先生、月を踏む』を買ってしまった。昨夜買う気まんまんで手に取るまではしたが、何だか急に気合が蒸発したので止めてしまった、個人的にはいわくの付いた一冊。造作が大振りで、これではしまう場所に困る。読む前から妙にアヤが付いているが、ともかく、中身は楽しみ。

空気が抜けるようにあなたを愛したいだから歪んでゆくビオラかな

×月×日（クイナ）

木場に出張。ああ気乗りがしない。特に朝、沢海橋を渡るときの沈みきった気分と言ったら。沢海橋が架かる運河は手元の地図で調べると大横川。いつ来てもこの運河、どういっていいのか、苔色の廃水を満々と湛えている。朝からやだなこの廃水。橋梁の構造部にひたひた寄せて、きっと浸透する。夜より、こうした朝の眩い日差しの中でこそ一段と浸透して、石だろうが鉄だろうが、決定的に浸透する。もっとも、用件は想像していたほどハードではなく、ほっとする。帰り、「梅花」でキムチを買う。このお店はいろいろ風変わりなキムチを勧めてくれる。今回は水菜のキムチを買う。試食したがそれほど辛くなかった。セロリのキムチも買う。しかし、地下鉄でキムチの香りを発散して歩かねばならないことを忘れてた。こうして肩の荷も降りる夕方になると沢海橋早朝の「やだな感」は緩和されており、河面を見ても感慨が湧かない。それどころか基本的に見向きもしないで木場駅に直行するのだった。要するに朝は仕事が嫌になっているだけね、汗汗。

鉄材で補強したのでへいきでしょういつかは朽ちるお空といえど

×月×日（キジ）

病院通いをしたついでに一日休む。病院の方は引き続き経過観察となるが、軽症なだけに、経過ばっかり見られて適宜休暇を取得せねばならんのがちょっとやだ。口実がないと休みにくいし、休むなら通院っつうのは避けたいところだが。診察が終わったら大岡山から目黒線経由で横浜に出て鎌倉へ。鎌倉に着いたらもう昼飯の時間。おすすめのしらす丼に惹かれて入った「〇〇〇〇」がやばい店。しらす丼、不味くはないが、お茶や味噌汁が容器の六分目ぐらいしか入ってないうえになんだかなまぬるい。「日替わり定食を作れない場合があります」などとメニューに平然と書いてあったりして、俄かには信じがたい。そもそも店内全般に気だるい雰囲気が横溢していて、一歩踏み込んだだけであまり望ましくない予感はあった。客も何組かあったが、押しなべて諦めちゃってる感じ。例によって杉本寺に行くが、岐れ道にあったオールドファッションのまちパン屋、解体中。単なるリニューアルならばいいのだが。とはいえ、独特のディスプレイ方法もさることながら、このお店の昭和四十年代的なたたずまいそのものをこよなく愛していたので、解体は無念である。パンを買ったことは二回しかなかったけれど、店の前を通り過ぎるだけでも「よしよしまだやってる」と嬉しく思っていたのに。杉本寺ではホトトギスの声が聞こえた。おっとせわしげな老鴬のさえずりも。本堂に入ると俺一人。線香の香りと湿り気。境内を吹き抜ける風は涼しくて気持ちよかった。多少気持ちも持ち直しつつある中、しかし、手づくりのマヨネーズを売っていた若宮通りのお気に入りの店が、いつの間にか閉店していてシャッターに「貸し店舗」の札が貼ってある。やめてほしい。やめるのをやめてほしい。ことにも買って帰ろうと目論んでいただけに衝撃。まちパン屋と合わせて二重の衝撃だ。鎌倉さん、私が耽溺するものどもを奪わないで。北鎌倉に立ち寄り、円覚寺へ。黄梅院にいるとき、今日最も空の眩しい一瞬があったと思う。どうにも自分が空き地になった瞬間があった。白鹿洞のあたりで六国見山の方角からアオバズクの声と覚しきが三回ほど聞こえたような気がしたのは幻か。帰路、横浜近辺から天気が急激に怪しくなり、家に入ってものの数分もしないうちに雷鳴が轟き、この世のものとも思えないような豪雨。いやはや、昨今は東京に住んでいながらスコールを体験できるのだ。

決して間に合わないことがわかりつつある断崖色のあんぱん

×月×日（ヤマドリ）

午前中を掃除に費やす。昼は神楽坂に行き、赤城下のイタリアン、ロッシーニで昼食。うまいのだが前菜抜きメニューだったのでちょっと量的に寂しかった。ワインも欲しいぐらいだ。次は夜に行くぞ。ぽえむぱろうる閉店の報を受けて池袋へ。半額バーゲンと聞いてムラムラしていたのだけれど、書店入口に「タダでもいいので持って行ってください」（大意）なんて貼り紙を付されたダンボール箱。無造作に詩集・歌集が突っ込んであって、萎えなかったとは言い難い。受け手としてはちょっとほくそ笑んじゃうところだが、送り手としては、自分の詩集なり歌集なりが（いくら事実としてそれだけのもんだといっても）「タダでございます」とあからさまに銘打たれちゃうのはいささかつらい。私の歌集は流通してないから、ま、投げ売りすらされないのだけれども。閉店間近ということもあり、もはや棚もスッカスカ。あろうことか自らの財布もカラっ欠の有り様。これはという歌集なんかもうないし、最後なので萎える気持ちを奮い立たせて何か買いたかったけれどやめた。そのかわりリブロで山内進『「正しい戦争」という思想』を購入した。金がないと言いながら買うもんは買う。そして汗。

振り返る、そんなのだめさあと少し待てばうどんが茹で上がるのに

×月×日（コジュケイ）

雨。腰を痛めた。こたつマットに掃除機を掛けていて捻った。その前には掃除機にけ躓いているから複合的原因かも。何にしても掃除機のヤロー、日ごろはいい加減にしか吸い込まない癖に、その時に限ってマットに吸い付く。午後は自重して家居。読みたくもない資料を読んだり、したくもない校正をしたり、萱野稔人『国家とは何か』を読んだり。夜になると少し楽になってきた。曲げると楽だが伸ばすと痛い。あれこれチャレンジしているうち、どういう塩梅なのかわからないが、床にひれ伏しているとひじょーに気持ちいいことがわかった。さてさて、日記書き終えたら一生懸命ひれ伏すっか。

ウワサでは万物がみな注視する丑三つ時にピアノは鳴った

×月×日（ウズラ）

郵便ポストの立っている場所というのは、夕暮れどきは特にそそる。その場凌ぎの仕事が続く中、川口晴美『液晶区』を読了する。ずいぶん前に大井町のブックオフで入手しておいて、置き場がなくて箪笥の中で温めておいたもの。「水棲」って、日野日出志の漫画みたいだ。でも、日野日出志は受け身だが、川口晴美さんは攻め込んでいる感じ。水槽とか、水底が多い。「消失」が好き。挿入される紙片、キングクリムゾンを初めとしたプログレッシブロックのアルバムジャケット数種に似たようなイメージを散見した記憶がある。ただ、プログレのジャケットは何だかんだいってカッコいいのだが、「消失」の紙片は読み取ったら直ちに蒸発してしまって、やだな、恐怖だけが残る。

川が海に注ぐあたりの薄暗いその場凌ぎをやだな、していた

×月×日（チョウゲンボウ）

両腕のみならず背中から首筋までに至る一帯が痛い。どうなっとるか。午前中はそれに加えて体に火照りもあって一刻も早く帰って寝たかったが、要するに月曜日だからこうなのだろう

と思い我慢する。そうこうしているうちに午後には背中一帯が回復。仕事は汗の行進、もしくは更新が引き続くが、夕方までには腕のことも忘れていたのでまあラッキーだ。月曜が終わる頃になると本復するのでつまりは月曜嫌いというわけだ。

下ばかり見ていた頃の松の実がまだ胃にあって消化してない

×月×日（ハヤブサ）

激寒。高尾の森林科学園に行く。陽射しはまあある。しかし寒風がいじめる。鳥も少ない。今年は質量ともに鳥がいないいな。あまりの寒さにもう少し南下しているのか。科学園の随所に霜柱が林立していたが、帰宅してよく見たら自宅の脇にも霜柱が立っていた。夜、光栄先生から電話。桜狩に掲載する作品のタイトル、字数が多すぎ。「少し削りなさい」とのことだが、酒が入っていたため即答できず。汗。

関節痛、来るなら来いよ先端に如月うまれの林檎が一個

×月×日（チュウヒ）

風が強く、体感気温が低い。葛西臨海公園へ。寒風吹きすさぶせいか鳥の数が少ない。特にカモが少なく、物足りない。あまりに寒いので根性が急減、午後早くには帰る決意を固める。ところがいざ立ち去ろうかという頃合を見計らうかのように淡水池にホオジロガモの雌と思しい個体を一瞬見かけて色めき立つ。腰を据えて観察し始めると気のせいだったのか早業で衆に紛れたか一向に見当たらない。しからばといよいよ気合を入れようとするが寒風にいいように打ち据えられて気合が持続せずあえなく断念。見間違いってことにしとく。背中がホオジロガモに見えたんだけどなあ。釈然としない。大井町で絲山秋子『袋小路の男』を買う。帰宅してみると野鳥の会の会員証が送られてきていた。

獏の奴。運河色した冬風を纏ったままで追い抜いていく

×月×日（サシバ）

寒い。朝は氷点下。休日でよかった。豪雪が続いている長野や新潟は大変な状況のようだ。あまりに寒いのでコタツ人間化していたかったのだが意を決して掃除を始めたところMさんから電話があり、東京港野鳥公園にコハクチョウが五羽飛来したという。寒くてかなわないので躊躇したがそうそうある機会ではないし、意を決して午後から出かける。休日はバスが少ない

ため、大森駅から意を決してタクシーで現地へ。正月早々日に三回も意を決するとはえらい騒ぎだ。着いてみるとしかし、チュウヒだかケアシノスリだか判然としない猛禽が悠然と上空を飛び回っており、ギャラリーはみなコハクチョウそっちのけで識別大会をやっとる。飛翔時の翼の形状がチュウヒとノスリを見分けるポイントのひとつであるらしい。一方のコハクチョウはアジサシ島で寝てばかり。時折起きて周辺をうろうろするところをデジタルカメラに収めてきた。例の猛禽は私と連れには同定できず。目がくりくりしているので、今日のところはノスリにしておくか。

いま少し手に取るまでに間があれば貧乏ゆすりも檸檬色なる

×月×日（ノスリ）

いやはや。年も押し詰まってから風邪で伏すとは。とはいえ、床中で宮崎斗士句集『翌朝回路』を読み切れた。よかったなあこの句集。まずは装丁に惹かれてちらと拾い読みし、たちまち気に入ってしまい、つい無理を言ってある方から頂いたものだ。無礼ものかは分捕ってきた甲斐があった。

宮崎斗士

肺活量とは花菜畑の広さなり
揚雲雀あっという間の地図である
一人暮らしはまず陽炎に慣れてから
鶯よ庭を輪切りにしておくれ
八回の表のごとく韮を買う
春の風邪陶器のような部屋がある
告白のこんなに魚臭いとは
柚子置いて泉鏡花をはじめます
雪女けっこう永谷園である
春の昼天井しかない部屋だなあ

他にもチェックした作品は多いが、このぐらいにしておく。三句目が一番好きだけれど、それにしてもよくこんなこと考えつくよな。「永谷園」が特にすごい。固有名詞だけあって使いまわしの効かない一発芸と言えそうだが、（永谷園からクレームが来そうだね）インパクトは凄い。どうしてこうなっちゃうのかね。宇田川さん、六花書林を立ち上げて早々、いい本出したな。

分捕ったタイマーいつも南米に合わせ損ねて寝坊している

×月×日（ハイタカ）

風邪を引いたらしい。帰路、本以外の物を買いたくて仕方なくなり、あまり考えることなくパジャマを買った。もっとも色はブルーと決めていた。いやいやしかし本以外だけというわけにもいかず増田聡『その音楽の〈作者〉とは誰か』も購入。買おうか買うまいか迷っていたやつ。そういう決断のつきかねる本は服や文房具を買った勢いで鷲掴みしてしまうに限る。夜は久しぶりに猫ひろしのギャグ百連発をみる。何のことだかわからない。

羊雲、押したら空気が漏れてきて一人称の鹿児島なのよ

×月×日（オオタカ）

午後、さて外出だというときに課長から「シギって鳥は珍しいのか」とご下問がある。突然何を言い出すのかと思いながら「それはシギの種類によります」と答えると、「何だか○○課で珍しいシギが保護されているみたいだよ」とのこと。まさかねと思いつつ念のため当該課に電話してみるとなんとヤマシギらしいというではないか。未明だか早朝だか、誤ってわれらが

ガラス張りのビルにぶつかって落下、玄関前だかに蹲っているところを保護されたらしい。しかし、もう回復したようなので、これから多摩川のアシ原に放鳥に行く、まだ担当者は地下の駐車場にいる時分だろうから、追いかけてみてはどうかという。出かけるついでだ。気色ばんで地下駐車場に駆けつける。わが社の昆虫博士のIくんが大きめの段ボール箱を抱えて車に乗るところ。運転席でH係長が「もう出かけるんだよ。写真撮ってあるからあとで写真見ろ」と怒鳴るのも聞かずに車に乗り込んで段ボール箱を覗き込む。迷惑だろうとは思ったが、二人とも私の鳥好きはご存知なので程なく諦めてくれて見放題。暗がりなものだからヤマシギはおとなしくしている。ときおり窺うように動かす目がくりくりしていてかわいい。できれば自然環境下で苦心惨憺しつつ見つけ出したかったところだが、ケガも癒えたということだし、ライフリストが順当に増えて今日はラッキーと言い切る。すみません、お二人。とはいえ、以前も大森海岸駅近くのガラス張りビルの真下で、早朝、センダイムシクイの死体を見つけたことがある。少なくない渡り鳥が移動に際して激突死しているのだろうと思うと喜んでばかりもいられない。

×月×日（オジロワシ）

ま昼間の地下一階に土曜日のたまご一個が孵りつつあり

先日、同僚たちと西麻布のイタリアンで食事したとき、会話に猫ひろしが出た。とはいえ、猫ひろしという「事象」がまずもってよくわからない。だってぼんやり聞いていていたら「猫広し」と思うだろ。意外な言葉の取り合わせに一瞬は詰った。猫の額は狭いというのが通説だが実は違う、「猫は広し」だったのだ。ま、それはそれとして、みなの流れるような会話を注意して側聞するに、猫ひろしがお笑いのピン芸人だということ、あまりお目にかかれない、面白いんだかなんだかよくわからない、わーわー言っているだけの変な芸人らしいということまではかろうじて把握した。その猫ひろしを今夜初めてちょっとだけ見た。「笑金」のワンミニッツショーに出ていたのだ。たまたま帰宅した直後で着替えをしていたため、最初の数十秒を聞き漏らした。そういうわけでかどうかは不明ながら、確かに何だかわからない。面白さがわからないとかいう内容に立ち入る前に、喋っている言語がよくわからない。それは日本語なのだと思うが私の耳が猫ひろしの早足に追いつかない。観客からは笑い声もしくは失笑も上がっていたので、彼らは猫ひろしの話の内容を把握するとともに、その面白さを、もしくはあまりのくだらなさを体感しているわけだ。まず聞き取りの練習から始めないとこの人のお笑いを楽しむことができそうもない。何だよ鍛錬しないと笑えないってゆうのは。でも、どうやら年下の同僚の話には追いついたぜ。軽汗。あまりのことに猫ひろしを読み込んだ一首をものしてしまった。

いつか煮豆になれるはずなり全体と部分を合わせて着替えていれば

×月×日（トビ）

告別式のお手伝いで津田山へ。武蔵溝ノ口の変貌ぶりに一驚。まあ、前回訪れたのは中学生の頃で、南武線全駅の入場券を集めようと血道をあげていた頃のこと。中二十数年ぶりに降り立ったのだから変わっていて当然だ。とはいえ、秋空に突き刺さる高層ビルのシルエットが鋭角的かつ無造作で一瞬ウルトラセブンの「第三惑星の悪夢」を想起させる。だいぶ遅れてやってきたモダニズム都市という感じ。ところが津田山に着くとここが全然変わっていない。飾り気のないプラットホームには構内踏切の痕跡があって懐かしい。がそれ以上に駅前のやる気のなさが捨てがたい。乗客に媚を売らない駅、貴重。お手伝いの内容はその駅前での看板持ち。地理に不案内な人に葬祭場の場所を教示するわけで、こういうのは得意。しかしながら残暑厳しく、喪服の中は大汗。一回汗が出きって、再び出てくる感じ。知人が、まして現役の人が亡くなるのはつらい。帰り道、平日正午の住宅街を縫って歩いたのだが、日差しがたくさんあってよそ事みたいに静か。でも、指先から抜け落ちた何かが、それが何だったかわからないまま、熱風に持っていかれたばかりだ。

冬晴れの各駅停車止まってもすぐ走りだす影と一緒に

×月×日（ミサゴ）

午前中はやや牧歌的な気分も横溢しかけたが、午後から一転、仕事が舞い込んできて、右に左に振り回される。そんな中、白鳥さんが職場に顔を出す。ようやく「もーあしび」のお代を納める。立ち話ながら詩歌系の話題も少々交わす。何を話したのか覚えていない。汗。帰り際、高額紙幣を細かくするために「現代思想」買ってしまった。こんな按配で本を買うことが少なくなく、家には「両替本」が並ぶありさま。現代思想の特集は「靖国問題」。まあ拾い読みということになるのだろうけれど。ディベートの実習が迫っているのになあ。

職場ではなるべく変な果物をもぎ取るべきだそうでしょ、孔雀

×月×日（カワアイサ）

仕事が袋小路。いつものこと。おまけにどういうわけか右足親指が痺れる。これは異例のこと。丸一日痺れが軽減しないからやだ。袋小路に入り込んで汗汗している時は痺れを忘れる。

一息ついてると痺れるんだよね。

前田芳子さんの歌集『石の至福』を読み終わる。

あはき希ひ携へてゆく町外れ鉄床雲《かなとこぐも》の厚く横たふ
灯を消して寝るとき思ふひつそりと口穿《あ》けてゐる下り階段
張りつめし顔と言はれぬ落下する湯水の下にその顔打たす
近づきて来たる火星を確かめてわれはわが夜の階をくだりぬ
机辺など一日がかりで片付けてそして何せんとしたのであるか
わが内の草木あえかにそよがせて地球の影に月の入りゆく
久々に良く笑ひしが客のみな帰りしのちに小さく諍ふ

前田芳子

などが良かった。私の好きになる歌には一定の傾向があって、こうしてみると階段に弱いな。二、四首目は特にいい。二首目は「ひつそりと」という言葉を使わずに堪えるという手もあったと思う。「口穿《あ》けてゐる下り階段」という表現がよくて、既に相当なひっそり感が詠み出されていると思う。それに、階段というのは、昇るとか下るとかわざわざ書かないほうがいいのかもしれない。

早くたまご割りてえ今宵階段の半ばで自分を待ち続けつつ

×月×日（ウミアイサ）

池田澄子さんの句集『たましいの話』を新宿で購入。すぐに読む。好きな句をいくつか。

世の中の炬燵の中という処
われ在りとたまに思いぬ寒の水
覗けよと薬缶に口や春の雨
光あり家を出てまず春の泥
夕桜あやうくハイと言いそうに

池田澄子

昔の、底の抜けたような明るさはないが落ち着いた明るさというところだろうか。本当はもう一押しというか、もうすこし蹴られたい、というのはないものねだりか。わーわー言っていても仕方ない。午後から神楽坂に出てふらふら散策する。

×月×日（ミコアイサ）

置き方が気に食わないと言われれば直しにかかる月夜の道で

深夜から未明にかけてすごい雨風。家が揺れていた。でも朝になったら何事もなかったかのような晴れ。連れは休日出勤。朝から音楽を聞く。ムーンライダーズの『ビザールミュージックフォーユー』。一曲目から「僕は負けそうだ」まで聞きづめ。とりわけ「春のナヌーク」。ナヌークというのは、イヌイットの言葉で白熊を意味するようだ。白井さんの作品。ナヌークなんていう言葉を、どこから仕入れてきたのだろう。二階のエアコン、ドレーンパイプが陽に蝕まれて風化し、大部分が完全に崩落。五分も冷房運転すると排水がとたとたと庇を叩きはじめる。夜になるとこういう音が周辺に響き渡るものだ。耳障り。しかも近所迷惑なのでなんとかせな。汗。

雨や虹、その予報図の真ん中にお湯を沸かしているひとがいる

×月×日（ホオジロガモ）

明るくて四時過ぎに目覚める。朝ご飯、四人でお櫃を空にする。旅館だの温泉ホテルだののご飯茶碗は底が浅いので、一膳や二膳では食った気にならない。どこに行くか迷ったが、河津の七滝に行こうということになった。大滝の裏側が面白かった。ここから滝が始まるんだ。河津

川から下田に出る。石廊崎に行こうという案もあったが、Tくんが東京に戻ったら仕事に出るなどと言うのでこれ以上の遠出は避ける。下田の道の駅で海産物を買い漁る。いつもながら、旅行二日目は麻雀疲れが出て移動だけになってしまう。伊東市街から冷川峠を越えて中伊豆スカイラインそして箱根ターンパイクへ。方々で濃霧が漂う。物知りのTくんによれば、お誂え向きの濃霧が立ち込めるものだから、フォグランプの性能試験にこの付近の道路が利用されているそうだ。道中、自治体合併によってできた「伊豆の国市」のことをTくんがふざけて「いずのくにいち」と言い募る。高校生の頃から、Tくんはこういうおかしな「名づけ行為」が得意。私は、こういうおふざけな「名づけ行為」に影響を受けやすいので、真面目な会話の中で思わず「いずのくにいち」と喋ってしまいそうだ。気をつけよっと。汗。

朝焼けよ帰京したらば枇杷ばかり貰ってしまう日々が続くの

×月×日（ホオジロガモ）

高校時代の友人たち四人で西伊豆の土肥へ一泊の麻雀旅行。東名高速の鮎沢パーキングエリアの男子トイレにツバメが多数営巣していて、思うままに飛び交っている。どういう有り様かというと、野郎どもがおしっこをしているすぐ真上の梁に架けられた巣で、子ツバメが鳴き、数十秒と置かず親ツバメが戻って来て給餌する。野郎どもにとって、おしっこをしている最中に鳥の巣に手を出すという行動は一般的ではないので、人馴れしているツバメが一段と余裕でいる。野鳥の生き抜く知恵と申せましょう。それにしても、用足しの解放感とバードウォッチングの趣味が同時に満足できる環境があるとは知らなかった。大瀬崎でビャクシンの古木を見た後、井田か旧戸田村の造船資料郷土博物館のどちらに行くか迷って結局後者に。ロシアとの修好記念館的な色合いが強いが、深海魚の展示があって、こちらは面白い。ホルマリン漬けの献体がずらーっと並んでいる様は壮観なれど、説明文がやや淡白で、展示されている深海魚がどれほど面白いのかいまひとつ把握できなかったのは、残念。ホテルの部屋の真下に小さな人工海浜あり。Tくんが、「この渚は山砂で作られている」とたちまち喝破。色が黒く、粒子が粗い、すなわち山砂、とわかるらしい。私にも「いかにも作り物くさい渚だなー」ぐらいはわかるが。日の高いうちから大浴場に。既に酔漢が少なからず紛れ込んでおり、浴場の随所で呆れた所業が散見された。野郎の悪しき習性であるか。麻雀はTくんが圧勝。漁火らしき灯りが見える。

×月×日（シノリガモ）

とにかく海が見たい。あるいは河口が見たい。ということで九時過ぎから鎌倉に出かける。

江ノ電で極楽寺へ。時節柄、紫陽花目当てに成就院を目指す行楽客が大勢。そちらには目もくれず海岸に出る。海に向って深呼吸を連発しているうちに手にしたお茶のペットボトルを渚に落っことす。外見は泥だらけとなるが中身は多少泡立ったほどで大した影響もない。泥を付けたまま飲む。しかし海辺ではともかく、街なかで泥つきペットボトルを傾けるわけにもいかない。仕方なく、あまり清浄とは言いかねる公衆便所の水道でペットボトルを洗う。海岸線が湾曲しているので、極楽寺の海岸から材木座の光明寺の屋根が見える。知らなかった。何度も来ているのに、私って、今欲しいものしか見ていないのね。海べりを歩いて光明寺へ。あっという間に着いたので二度びっくり。昼過ぎからは杉本寺、報国寺、宝戒寺とうろつく。宝戒寺の本尊が地蔵菩薩というのも今日初めて知った。何やら知らんことばかりよのう。汗。たかだか五時間程度うろついた程度でぐったり。復路は西日を浴びる横須賀線の車中で熟睡。毎度毎度困ったものだ。汗。

前かがみになればなるほどほの青き月の欠片が染み出してくる

×月×日（クロガモ）

夢を見た。「文明の利器」という呪文を五回唱えるとたちまち栗の毬から針が全て抜け落ちると先生がおっしゃる。何の先生だったか忘れた。さっそく目の前に毬を持ち出して試してみるとやはり先生のおっしゃる通り、針が全部抜けた。これは面白いので繰り返しやってみたいと思い、家じゅうくまなく毬を捜し始める。ベッドの下の引き出しを開けたり、違い棚の文箱の中身を改めたり。そうこうしているうちに捜しているはずの毬のことはどこかに行ってしまい、ついでに呪文も忘れたか、近所の自販機の前にしゃがみ込み、いそいそと百円玉を拾い集めているところで目を覚ます。前半は面白かったのに後半はつまらん。つまらんという以上に、小銭に執着しているところが嫌だ。電子手帳がいよいよ末期的症状を呈し始めた。一晩充電しても電池が満タンにならない。しかも電池の消耗が目に見えて急。メールを一通送信すると電池残量を示すインジケータが無情にも半分ぐらいに減ってしまう。業を煮やしてメモリーカードを引っこ抜いたら、電池の消耗は多少緩やかになった。こんなのが原因なのか。

埋められた泡消火器を探し出す旅の途上にいて青である

×月×日（スズガモ）

待っていた『マニア・マニエラ』をコンビニに受け取りに行く。初めて聞いたのは、高校一年のころ。友人が録音してくれたカセットテープで。当時は何だかよくわからなかった。どんなアルバムでも繰り返し聞いていれば中にはいいな、好きだな、と思う曲ができてくるものだけれど、このアルバムではそれがなかった。とはいえ、そもそもムーンライダーズの場合、新しいアルバムは何回も聞かないと身体に落とし込めない場合が多かったように思う。今聞きこむと、「檸檬の季節」と「気球と通信」が好き。特に後者はトランシーバーのスイッチを切る音が律義に入るところ。全体的に古臭さを感じない。すごい。

雪解けを期待しながら抜くことができる栓抜き一個あります

×月×日（キンクロハジロ）

終日小雨。体調がよくない。声が枯れて。昨日の休日出勤はそれほどきつくなかったのだけれども。今週も居残りが多かろうと思い、用心して午後に振替休暇を取る。昼飯を買おうと思って入った大井町のイトーヨーカドー、地下一階食品売り場のパン店がいつのまにかなくなって和菓子売り場になっていた。ここの菓子パン、好きだったのに。それならばということで荏原町の某パン店でメロンクリームパンを入手。このパンも前から食いたかったのだがなかなか機会がなかった。具合の悪いときは積極的に甘いものを食う。『ラブクラフト全集　7』読みながら寝る。だるいけれど、たぶん平気だ。

五位鷺が鳴いたら先を急ぐなということなのね霧雨が降る

×月×日（ホシハジロ）

鼻をかみ過ぎたのだろう、耳鳴りがある。でも約束なので高校時代の友人たち４人で飲む。休日出勤していたAさんから仕事がらみのメールが来ており、酔っていて悪いなと思いつつ電話する。用件はすぐに済む。二軒目で麦焼酎のなんとかっていう、素焼きの壷に入っているやつをろくに割りもせずにあっという間に空にしてしまった。今までそれほど焼酎をうまいと思ったことはないのだが、これは芳しくない予感じゃ。汗。

先に愚痴を言われてしまいじゃあ俺にもデッキブラシで削らせてくれ

×月×日（ハシビロガモ）

午前四時三十七分ごろに地震あり。夢を見ていて、揺れた瞬間に目が覚める。かなり大きく感じられたが防災行政無線は何も喋らない。揺れが収まった途端、強い雨の音が聞こえはじめた。もとより、雨は揺れの最中も降っていたはずで聞こえなかっただけだろう。でも、急に雨音が立ちこめてくる感覚はかつて味わったことがない。個人的な感覚に過ぎないけれど、強い地震の直後に、私は自分の身体の輪郭をはっきりと意識することがある。今朝は、雨が私の身体の輪郭を研いでいた。

待ち合わせるこの公園のブランコに月からの距離、雨からの距離

×月×日（シマアジ）

前の職場の友人たちとル・ヴェルデュリエで食事。鵜の木にこういう店があるとは知らなかった。お店に入るとまず待合室に通される。一枚物の木のテーブルがこう言ってよければ壮大なスケールで据えられていて、テーブルの準備ができるまで緊張しながら待つ。ジビエ好きなので「本日はヨーロッパライチョウがお二人分のみのご用意となっております」などと言われると、一も二もなく頼む。ライチョウはかなり癖があった。バードウォッチャーとしての私は、まだライチョウを生で見たことがない。見るより前に食ってしまった。

ためこんだ心の底のぬるま湯を明日、朝礼で言わねばならん

×月×日（オナガガモ）

午後から神保町に。かんたんむの奥の奥の書棚に歌集コーナーみたいな一角があるのを発見する。でも、私が垂涎して買おうという代物が並んでいるほど世の中は甘くない。三省堂には小関智弘さんの『羽田浦地図』が在庫。でも、新装版は従前のものと比べると装丁がいまいち。昔の方が好き。古本屋で入手だな。帰途、東京駅八重洲地下街の平野屋に入り、小一時間メルローポンティコレクション『ヒューマニズムとテロル』を読む。いや、「めくってみた」。すげー難しい。「おかしのまちおか」で買った「もイチド」を一気飲みしたがおいしくなかった。

本当にあなたが好きで大好きで糊のフタがくっついてあかない

×月×日（アメリカヒドリ）

二日酔い。未明に起き出して生水を飲む。頭痛もあって布団に沈み込む感じ。午前中は洗足池で鳥を見る。午後から池袋へ。岡井隆『馴鹿時代今か来向かふ』とサイード『オリエンタリズム』の上下を購入。岡井さんはともかく、サイードなんか一体いつ読めるかもわからん。

ジュンク堂で、廃墟ものの写真集を延々一時間以上立ち読みするという、近年まれな迷惑客ぶり。病院（医院）の廃墟が多い。叩き壊された歯科診察台や放置された古カルテなど、生々しくってイヤだが見る。コスモスファクトリーの『トランシルバニアの古城』ジャケ写を想起しながら。あのジャケットは病院じゃないけどね。かと思うと「東洋一の」が枕詞だったボーリング場が、方々で「東洋一」のスケールで廃墟を晒しているとは。屋根が抜けたボーリング場。レーンには緑の絨緞が敷かれているのかと思いきや、苔が密生しているのだった。写真が白黒なので生々しさは減殺されているけれど、かえって乾いた質感、ぼろぼろと崩れていってしまいそうな不気味な質感があって夢に出てきてほしい。ボーリング場の廃墟といえば、小学校入学前後、ごく近隣にあった「羽田ボウル」。せいぜい三階建て程度で、おかしな言い方かもしれないが保存状態が妙によく、「ガラス窓がことごとく割られていて…」といったありがちな廃墟ぶりではなかった。玄関からかいま見えたロビーにもとっ散らかった様子は皆無。学校の遠足でバスをチャーターしたときなど、廃ボーリング場玄関前の駐車場が集合場所だった記憶が。従って怖くなかった。偽記憶だろうか。

下水管、そのほとんどは行き先を中空に変えよじれはじめた

×月×日（ヒドリガモ）

連れが先に家を出る。それを奇貨として朝っぱらから「はっぴいえんど」。ライブバージョンの「朝」を大音響で聞く。カラオケで、ないのだろうかこのバージョン。二回聞いてしまい、いつもより遅い時刻に家を出た。汗。

繭のための平面をもつ机かな。あらあなたも座るの

×月×日（オカヨシガモ）

ユリイカの特集を受けて銀座の山野楽器ではっぴいえんどのCDを三枚も大人買いした。ラストアルバムは持っているので、まずはファーストとセカンドさらに八十九年にエイベックスがリリースしていたライブアルバム。その存在さえ知らず、迂闊だった。ファースト、セカンドは、既に撓んでしまったであろうLPが実家に死蔵中。改めて聞き込んでみての今の好みは「春よこい」、「とべない空」、ライブ盤の、ロックっぽいアレンジの「朝」。どれも中学生の頃、飽きるほど聞いていたはずの曲だけれど、印象が変わった。こっちが年取ったのだから当然か。でも、特に「とべない空」のオルガンの響き。あのころも聞いていたはず。少なくとも「鳴っていた」はず。それは記憶している。でも、受け止めていなかった。こんないい音だったんだ。

高校のころから現在まで聞き続けているプログレのおかげで、キーボードの音色をようやくおいしく味わうことができるようになったのかもしれないね。「朝」は、ギターとパーカッションだけで構成されたオリジナル曲の孤独な雰囲気は緩和されてしまっているけれど、大瀧さんのボーカルが暖かく感じられた。

少年時、井戸の近くで息継ぎをしてはならぬと信じていたね

×月×日（ヨシガモ）

ユリイカが「はっぴいえんど特集」を組んでいると梛野さんがメールで連絡してくれた。帰宅途中に蒲田駅ビルの某書店で探すが見当たらない。大井町のブックファーストで入手。メガ書店で探し物が見当たらないと、売れ行き好調で品切れになってしまったのかと心配してしまう。私は中学生ではっぴえんどを知り、幸運なことに、のめりこむことができたわけで、音楽的には早熟だったのかもしれない。当時の好みは「はないちもんめ」、「氷雨月のスケッチ」。鈴木茂が好きだったのだけれど、まあどの曲もいずれは、私の体のなかに入ってきた。案の錠、あっという間に読む。鈴木茂と安田謙一の対談での鈴木さんの発言は、やっぱりなと思った。いわく、「音の世界はなかなか時間割が難しいというか、僕はいつもボーッとしてサボってい

るように思われがちなんだけど、そういう時間も必要なんですよ」（鈴木茂）。

アボガドは座りの悪い座布団のほぼまんなかであおみゆくなり

後書（二〇一八年×月×日）

この歌日記は白鳥信也氏が主宰する同人誌である「モーアシビ」で連載した『風船乗りの汗汗歌日記』を編集したものである。日記と銘打つ以上、まあまあ事実といっていいエピソードが多いわけであるが、簡単に信用してはならない。

さて、「モーアシビ」は、そもそもエッセイを中心に構成するという想定で創刊されたマガジンであった。従って当初は、短歌はもちろんのこと、詩も掲載されていなかったと思う。現在では方針が変わっているが、作品単体の掲載は予定していなかったのである。そこに「歌日記という形式ならエッセイに等しいので、短歌載せていいよね？」などと厚かましく第二号から割って入ったのが、この歌日記だ。生真面目な著述、作品が多い「モーアシビ」にあって、悪ふざけ一本やりのコンテンツであり続けた、という適当な自負がある。

一冊にまとめるについて、タイトルを変更した。生まれ育ち、今も「汗」とか言いながら蠢いている当の場所である「東京湾岸」を敢えて強調することにした。

ところで、×月×日の後にそれとなく挿入されているのは、お分かりの方も多いと思うけれど、鳥の名前である。それも、私が二〇一八年四月一日までに見た鳥の名前である。なぜそんなものを、という向きにご説明すると、毎回毎回「×月×日」では時期が明確でないし、徹頭徹尾「×月×日」なので、実質的にはとうていインデックスの用をなさない。そこで鳥の名である。「あ、あれは確かカササギだった」、「そういえばイソヒヨドリの日だ」などと（その日の出来事と関係なく）容易に思い起こすことができようというものだ。フフ、当職にしては珍しいナイスな読者サービスである。とはいえ、実在しないかもしれない鳥の名前も交じっていそうなので、その点は相応の注意が必要。危険危険。

刊行に当たっては、七月堂の知念さん、岡島さんにお世話になった。お礼を申し上げげたい。

大橋　弘

馬込文士村北端の茅屋で

東京湾岸 歌日記〜風船乗りの汗汗歌日記

二〇一八年六月一日　発行

著　者　大橋　弘

発行者　知念　明子

発行所　七　月　堂

〒一五六—〇〇四三　東京都世田谷区松原二—二六—六
電話　〇三—三三二五—五七一七
FAX　〇三—三三二五—五七三一

印　刷　タイヨー美術印刷

製　本　井関製本

ISBN 978-4-87944-320-5　C0092